INGRID WIDIARTO

Im Land der Uiguren

AF130816

Übersicht der Bände:

#Uigurische Geschichten
#Im Land der Uiguren
#Aliya und der kleine Hund

Ingrid Widiarto

Im Land der Uiguren

1995.8.

VERLAG Akademie DER ABENTEUER

Impressum

Verlag Akademie-der-Abenteuer

Boris Pfeiffer, Pfalzburger Straße 10, 10719 Berlin

E-Mail: info@verlag-akademie-der-abenteuer.de

1. Auflage

llustrationen: Nijat Hushur

Umschlaggestaltung und Satz: Kris Kersting

Herstellung: Verlag Akademie-der-Abenteuer

Druck und Bindung: BoD GmbH, Norderstedt

www.verlagakademie.de.de

ISBN (print): 978-3-98530-068-6

ISBN (ebook): 978-3-98530-069-3

Printed in Germany

Inhalt

Vorwort zur Neuauflage

Die Reise in das Land der Uiguren, die in diesem Buch beschrieben wird, unternahmen wir im Herbst 2011. Seitdem sind neun Jahre vergangen und vieles hat sich seitdem verändert. Sehr vieles sogar.

Damals wusste man in Deutschland nur wenig über dieses Land und seine Menschen, obwohl auch damals schon Diskriminierung und Ungerechtigkeit an der Tagesordnung waren. Die Uiguren fühlten sich von der Welt vergessen. Erst als die Medien 2018 begannen, über die Masseninternierung von Uiguren in Umerziehungslagern zu berichten, und vor allem als der zu lebenslanger Haft verurteilte Wirtschaftswissenschaftler Prof. Ilham Tohti im Dezember 2019 mit dem Sacharow-Preis des Europäischen Parlaments geehrt wurde, weiß die Welt Bescheid. Empörung wird laut, denn es darf nicht sein, dass ein ganzes Volk seine Identität verliert und eine alte Kultur zugrunde geht, weil ein rigoroses Regime seine politische und wirtschaftliche Macht durchsetzen will und jeden Dialog verweigert.

Eine Reise, so wie wir sie im Jahre 2011 machten, wäre heute nicht mehr möglich. Obwohl wir auch damals schon einige Schwierigkeiten hatten und zumindest zeitweise beschattet wurden, steckte das Überwachungssystem sozusagen noch in den Kinderschuhen. Heute hat künstliche Intelligenz das ausgeklügeltste System der ganzen Welt geschaffen und beherrscht das tägliche Leben der Uiguren. Polizeiposten, Sicherheitskontrollen, Kameras und Abhörgeräte. Angst. Für sie könnte jeder Kontakt zu Ausländern gefährlich sein.

Viele Moscheen und muslimische Friedhöfe wurden in den letzten Jahren zerstört. Sogar die berühmte Moschee von Keriya aus dem 13. Jahrhundert, die wir nach einem Freitagsgebet besucht hatten, gibt es nicht mehr. Dort ist nur noch ein ödes

Trümmerfeld, wie man auf Satellitenbildern sehen kann. Stattdessen sind im ganzen Land riesige Internierungslager entstanden, hinter Mauern und Stacheldraht. Sie werden zwar offiziell als Fortbildungszentren bezeichnet, aber es ist vielfach belegt, dass dort Hunderttausende von Uiguren und Angehörige anderer muslimischer Minderheiten eingesperrt sind.

Wir wissen nicht, inwieweit heute Misstrauen und Angst das tägliche Leben verändert haben. Wir wissen nicht, ob die Menschen noch lächeln und fremde Gäste willkommen heißen würden, und wir wissen nicht einmal, ob alle diejenigen, die uns so herzlich aufnahmen, noch in Freiheit sind.

Ja, es hat sich in den Jahren nach unserer Reise sehr vieles verändert, aber vielleicht ist gerade deshalb dieses Buch so wichtig. Denn obwohl auch damals schon viel Ungerechtigkeit herrschte, haben wir doch noch das wahre Wesen der Uiguren, ihre Gastfreundschaft und Herzlichkeit sowie viele Seiten ihrer Kultur erleben dürfen. Es ist eine Kultur, die nun mit aller Macht und Härte für immer vernichtet werden soll.

Ein Wort zu Beginn

"Ihr fahrt schon wieder nach China?", wurden wir in den Monaten vor unserer Reise oft gefragt. „Ihr werdet ja richtige China-Experten!" Doch das ist nicht richtig. Wir werden niemals China-Experten werden, denn erstens ist dieses Land so groß, seine Geschichte und Kultur so vielseitig, dass wohl nur wenige Wissenschaftler wirklich Experten sein können, und zweitens wollten wir jetzt eine Gegend besuchen, die uns um mehrere tausend Kilometer näher liegt als Peking und Shanghai und die in ihrem Charakter so ganz anders ist als das, was man gewöhnlich mit der Vorstellung von China verbindet: Wir wollten nach Xinjiang.

Xinjiang – 新疆, was so viel bedeutet wie „Neue Grenze" – liegt im Nordwesten der Volksrepublik. Es nimmt etwa ein Sechstel ihrer Gesamtfläche ein, ist viermal so groß wie Deutschland, aber die Bevölkerungszahl erreicht kaum ein Viertel der unseren. Es hat fruchtbare Oasen mit üppigem Obst- und Gemüseanbau, riesige Baumwollfelder, weites Hochland mit Weideflächen, bewaldete Berge mit idyllischen Seen und einige der höchsten Gebirgsketten der Welt. Der größte Teil Xinjiangs jedoch wird durch das Tarimbecken mit der darin liegenden Wüste Taklamakan beherrscht.

Und warum wollten wir gerade dorthin? In eine Region, von der man bei uns so wenig weiß und wo es so viel Wüste und unerklimmbare Berge gibt?

Vor ein paar Jahren hatte ich auf einem Rückflug von Hongkong ganz nah unter uns und überwältigend schön die schneebedeckten Gipfel des Tianshan-Gebirges gesehen. Dieser Eindruck hatte mich so tief berührt, dass ich zu Hause Atlanten und Bücher wälzte, um so viel wie möglich über diese ferne Weltregion herauszufinden. Eine Fernsehdokumentation über die Seidenstraße, die viele Jahrhunderte lang am Fuße eben

dieser Berge und durch die Oasen am Rande der Wüste Taklamakan entlanggeführt hatte, tat dann ein Übriges, um in mir
den drängenden Wunsch zu wecken, dieses Land, diese unvorstellbar eindrucksvollen Berge mit glitzernden Schneekappen
vor tief blauem Himmel und die gelbsandigen Dünen der Wüste einmal in Wirklichkeit zu sehen.

Über die Menschen, die dort leben, wusste ich zu dieser Zeit
so gut wie nichts. Ich fand im Internet einige Informationen
über die Uiguren und hörte in den Nachrichten, dass mehrere
von ihnen in Guantanamo einsaßen, weil sie nach Ansicht der
chinesischen Regierung gefährliche Terroristen waren, obwohl
niemand genau zu wissen schien, was sie verbrochen hatten,
und sie am Ende von allen Vorwürfen freigesprochen wurden.
Als Obama die Welt bat, einige der Häftlinge aufzunehmen,
wollte sie niemand haben, auch Deutschland nicht. Schließlich wurden einige von ihnen in das Südseeparadies Palau, auf
die Bermudas und nach Albanien geschickt und einige andere
warten noch immer auf eine Entscheidung der US-Regierung.
Im Sommer 2009 wurde in den Medien über blutige Unruhen
in Urumchi und Kashgar berichtet. Man fragte sich für eine
Weile, was denn da los sei, aber bald danach war das Interesse
der Weltöffentlichkeit schon wieder versiegt.

Kurz bevor wir unsere erste Reise „Auf den Spuren der Seidenstraße" antraten, hatten wir das Glück, in Berlin einen Uiguren
persönlich kennenzulernen, und zwar einen, der mit Sicherheit
nicht mit dieser Art Vorurteil in Verbindung zu bringen war.
Nuri war Student und Lehrer und ein ebenso begeisterter Foto-
graf wie ich, und er wusste sehr genau, wie es um sein Land
und sein Volk stand. Er wusste um die Probleme, das wirkliche
Leben, die Politik und die Zukunftssorgen. Er erzählte uns vieles und lenkte dabei unseren Blickwinkel von außen ein wenig
nach innen. Doch nicht nur dieses neue Wissen, sondern auch
ein unbestimmtes Gefühl von Verstehen, Sympathie und Neu-
gier verwurzelte sich immer tiefer in mein Denken. Einmal, als

ich mit Nuri gerade über das Leben, Gott und die Welt sprach und mein Blick an dem Foto einer Gruppe alter uigurischer Männer hängen blieb und sich gar nicht wieder lösen wollte, sagte Nuri: „Manchmal kommt so etwas wie eine Eingebung über uns, wie ein Funke aus dem Nichts. Vielleicht hat ja Gott zu dir gesagt" – und hier ein Fingerschnips in meine Richtung – „Plups, du sollst jetzt die Uiguren lieben." Nun ja, so ähnlich wird's wohl gewesen sein. Besser lässt sich das kaum erklären. Aber vielleicht war es auch einfach nur das Fremde, Exotische, was mich nicht wieder losließ.

So kam es, dass wir ein zweites Mal in das Land der Uiguren oder, wie es offiziell heißt, in die Uigurische Autonome Region Xinjiang reisten, um abseits der Städte und Sehenswürdigkeiten ein wenig mehr über das Leben der Menschen zu erfahren, damit ich mit meinen Fotos und Erzählungen auch einigen Mitmenschen zeigen konnte, wer sie sind und wo sie leben.

Xinjiang, von den Uiguren häufig auch Ost-Turkestan genannt, ist kein typisches Reiseland. Es bietet nicht viele Attraktionen für Touristen, abgesehen von den Relikten aus der Zeit der Seidenstraße: interessante Zeugnisse alter Kulturen, vom Sand verwehte Städte, Höhlenmalereien und uralte Handschriften, aber viele dieser Schätze befinden sich heute gar nicht mehr dort, sondern in den Museen anderer Länder. Xinjiang hat faszinierend hohe Berge mit ewigem Schnee, aber sie sind unzugänglich und nicht als Ski- oder Wandergebiete erschlossen. Eine Sandwüste ist wunderschön anzuschauen, aber lebensgefährlich, wenn man sich allzu mutig hineinbegibt. Es gehört zu China, wirkt aber nicht chinesisch. Es ist das Land der Uiguren, aber mehr als die Hälfte der Bewohner sind Han-Chinesen[1].

---

1   Die Bezeichnung „Han-Chinesen" soll deutlich machen, dass die *ethnischen* Chinesen (benannt nach der Han-Dynastie (206 v. Chr. bis 220 n. Chr.) gemeint sind und nicht alle Staatsangehörigen Chinas. Denn auch Uiguren sind natürlich offiziell Chinesen.

Das Volk der Uiguren geht zurück auf einen Stammeszusammenschluss verschiedener turkstämmiger, mongolischer und indoeuropäischer Volksgruppen. Es trat im Jahre 743 n. Chr. erstmals in der Geschichte als ein Volk auf, als das damalige Großreich der Göktürken zerfiel. Damals gründeten die Uiguren ein eigenes Großreich, das Uigurische Khaganat (743-840 n. Chr.), das sich im Osten bis weit in die heutige Mongolei hinein erstreckte. Als sie von dort durch die Kirgisen zurückgetrieben wurden, ließen sie sich wieder weiter im Westen nieder, vorwiegend im und um das Tarimbecken herum. Ihre Muttersprache ist dem Türkischen sehr ähnlich, geschrieben wird sie jedoch in einem persisch-arabischen Alphabet. Da die alte Seidenstraße durch ihr Gebiet führte, kamen sie während langer Jahrhunderte mit vielen Kulturen und Religionen in Berührung wie dem Buddhismus, dem nestorianischen Christentum, dem Manichäismus und Zoroastrismus, so dass hier eine reiche und weltoffene Kultur entstehen konnte. Später fand der Islam mehr und mehr Anhänger und bis zur Mitte des 15. Jahrhundert hatte er sich im ganzen Land durchgesetzt. Heute gehört die Mehrheit der Uiguren dem sunnitischen Islam an.

Wenn ich sage: Wir fahren in das Land der Uiguren, dann werden die Chinesen widersprechen und sagen: Nein, das stimmt nicht. Die Uiguren kamen erst im 9. Jahrhundert, aber wir hatten schon immer eine Hand auf diesem Land, es gehört daher zu China. Das allerdings ist auch nur die halbe Wahrheit. Es ist zwar richtig, dass das Chinesische Kaiserreich schon seit der Zeit der Han-Dynastie (206 v. Chr. bis 220 n. Chr.) ein Auge auf dieses entlegene Land im Nordwesten geworfen hatte und dass es zeitweise unter chinesischem Einfluss stand. Aber es lebten hier immer andere Völker, zentralasiatische Volksstämme, und fast zwei Jahrtausende lang war Xinjiang nie wirklich ein Teil des chinesischen Reiches. Es hat seine eigene lange und wechselvolle Geschichte von Stammeskämpfen, Königreichen, kriegerischen Auseinandersetzungen mit den Nachbarvölkern,

Besetzung durch die Mongolen. Mehrmals wurde es von den Chinesen erobert und wieder verloren, oft hatten diese durch friedliche oder erzwungene Abkommen mit den lokalen Königen und Stammesfürsten die Finger im Spiel, durften Zölle erheben, Tribut fordern oder gewährten Schutz. Doch erst 1877 gelang es dem chinesischen Kaiser, Xinjiang endgültig zu unterwerfen und fest in das Kaiserreich einzugliedern. Einige Teile wurden nach dem Fall der Qing-Dynastie vorübergehend von Russland beherrscht und in den 1940er Jahren riefen die Uiguren zweimal eine Republik Ost-Turkestan aus. Diese hatte allerdings nicht lange Bestand und wurde von keinem Staat der Welt anerkannt. Seit 1949 gehört Xinjiang zur Volksrepublik China und 1955 wurde ihm der Status einer Autonomen Region zuerkannt. Eine Zeit lang stand es noch stark unter russischem Einfluss und die Sowjetunion hatte das Recht, Bodenschätze und Ressourcen abzubauen, doch heute profitiert allein die chinesische Wirtschaft von Xinjiangs reichen Vorkommen an Erdöl, Kohle, Gold, Jade, Uran und Seltenen Erden.

Um sicherzustellen, dass dieses große und wichtige Land – neben den Bodenschätzen ist es trotz der Wüste auch landwirtschaftlich von großer Bedeutung – unwiderruflich in die Volksrepublik eingegliedert bleibt, begann die chinesische Regierung schon in den 1950er Jahren, Han-Chinesen aus anderen Landesteilen dorthin umzusiedeln. Sie erschlossen das Land, verbesserten die Infrastruktur, trieben Kohle- und Erdölförderung voran, gründeten Industrieanlagen und Staatsfarmen, machten Gewinne und wachten darüber, dass die einheimische Bevölkerung stillhielt. Es herrscht jedoch seit längerer Zeit in der Gesellschaft eine unterschwellige Spannung; das Zusammenleben von Han-Chinesen und Uiguren, die mittlerweile nur noch knapp die Hälfte der Bevölkerung des Landes ausmachen, ist nicht ausgewogen. Die Regierung hat ein besonders kritisches Auge auf die Uiguren, weil sie eine sehr große und dazu eine muslimische Minderheit sind, weil es gelegentlich zu Protesten kommt, weil man separatistische Bewegungen befürchtet und weil die islamistischen Kräfte in Pakistan und Afghanistan bedrohlich nahe liegen. In vieler Hinsicht ähnelt Xinjiangs politische Situation der Tibets, nur ist in der Welt kaum etwas darüber bekannt, denn die Uiguren haben keinen Dalai-Lama, der für sie spricht und das Interesse der Welt wachhält. Es gäbe noch sehr viel zu diesem Thema zu sagen, doch nicht das soll im Mittelpunkt meiner Erzählung stehen, sondern das einfache, alltägliche Leben der Menschen, soweit wir es als Touristen erleben konnten. Die Uiguren, die ich kennengelernt oder während unserer Reise beobachtet habe, machten nicht im Entferntesten den Eindruck von Terroristen oder politischen Aktivisten, sondern gehören zu den freundlichsten, geduldigsten Menschen, die es überhaupt geben kann. Wie schön wäre es, wenn man ihnen die Chance ließe, ihre Kultur zu bewahren und ihr Land zu schützen!

Kommen Sie mit, liebe Leser. Kommen Sie mit uns auf die Reise nach Xinjiang und sehen Sie selbst, wer die Uiguren sind und wie seltsam unwirtlich-schön ihr Land ist.

Im nördlichen Teil Xinjiangs liegt das Dsungarische Becken mit der Gurbantünggüt-Wüste und hohen Gebirgsketten, die im Norden an Russland und die Mongolei grenzen. Es ist dies das Gebiet, das weltweit am weitesten von einem Meer entfernt liegt: in alle Richtungen mehr als 2000 Kilometer.

Der größere südliche Teil wird vom Tarimbecken und der Wüste Taklamakan beherrscht. Sie ist nach der Rub al-Chali in Arabien die zweitgrößte Sandwüste der Welt. Sie erstreckt sich über rund 300 000 km² und ihr klangvoller Name ist so geheimnisvoll wie sie selbst. Die bis jetzt sinnvollste Erklärung ist folgende: Taqla heißt auf Uigurisch springen und makan Siedlung oder Heimat, also die „springende Heimat". Das klingt zwar merkwürdig, lässt sich aber so erklären: Der Wind treibt den Wüstensand unablässig vor sich her, verändert die Dünen, trägt sie ab und häuft neue auf. Im Laufe vieler Jahrhunderte sind ganze Städte unter dem Sand begraben worden, manchmal kommt eine Ruine wieder zum Vorschein, eine andere wird zugeweht, so als „springe" ein Ort hervor, mal hier, mal dort. Diese Bezeichnung findet sich allerdings erst seit dem 18. Jahrhundert. Früher hatte man die Wüste auf Chinesisch oder Uigurisch einfach „Großer Strom" oder „Sandstrom" genannt, weil sie immer in Bewegung ist wie ein Fluss. Auch Barsa kälmas nannte man sie gelegentlich, was so viel bedeutet wie: „Einmal hinein, nie wieder heraus", doch dies ist nicht die Übersetzung des Namens Taklamakan, wie man häufig liest.

Die Dünenfelder der Taklamakan bilden die Oberfläche eines Beckens, das seit dem Erdaltertum allmählich mit Sedimenten gefüllt wurde, die inzwischen eine Mächtigkeit von mehr als 15 Kilometer haben. Sie enthalten auch das begehrte Erdöl und Erdgas. Ursprünglich war das Becken ein großes Binnenmeer, das immer mehr austrocknete, je mehr sich der Himalaya hob und den warmen tropischen Luftmassen den Zugang zu diesem Teil Zentralasiens abschnitt. Der See verkleinerte sich, bis am Ende nur noch der Salzsee des Lop Nor übrigblieb, bis zu dem im frühen 20. Jahrhundert der schwedische Forscher Sven Hedin noch per Boot gelangte. Doch heute gibt es auch diesen See nicht mehr. Denn das gesamte Flusswasser wird für die Bewässerung von Baumwollfeldern verbraucht.

Umschlossen wird die Taklamakan von Gebirgen, die sehr viel höher sind als unsere europäischen Hochgebirge, nämlich dem Pamir, Hindukusch und Karakorum, dem Kunlun-Gebirge im Süden und dem Tianshan im Norden. Viele ihrer Gipfel erreichen eine Höhe von mehr als 7000 Meter – so wie die, die mich zuerst in dieses Land gelockt hatten.

Ehe wir uns auf die Reise machen konnten, hatten wir zuerst einmal eine ganze Reihe von Schwierigkeiten zu bewältigen: Nicht nur, dass Jamal, ein Freund von Nuri und seit Jahren erfahrener Reiseunternehmer, viele Monate brauchte, um nach unserem Routenwunsch ein Angebot auszuarbeiten, es dauerte dann noch einmal mehrere Monate, einige Bitten per E-Mail und schließlich einen SOS-Anruf, ehe er ein verbindliches Programm und einige Hotel-Adressen schickte, die wir dringend für den Visumsantrag brauchten. Auch gab sich die Visa-Abteilung der chinesischen Botschaft mit diesen Unterlagen nicht zufrieden, weil wir ja nicht einfach nach China einreisen wollten, sondern nach Xinjiang. „Jaaa, wenn Sie nach Xinjiang wollen, dann brauchen Sie noch das und das und das." Als ich drei Tage später mit das und das und das erschien, akzeptierte man unsere Anträge zwar, gab mir aber keinen Abholtermin, sondern nur die Versicherung, dass man darüber beraten und uns anrufen werde. Da kein Anruf kam, fuhr ich einige Tage später wieder zur Botschaft und erkundigte mich nach dem Stand der Dinge. Man müsse erst einmal mit dem Reiseveranstalter telefonieren, hieß es, aber unter der von uns angegebenen Nummer melde sich niemand. Also bat ich Jamal anzurufen, obwohl ich schon die Erfahrung gemacht hatte, dass unter den Hotline-Nummern nie jemand den Hörer abnimmt. Deshalb brachte ich am nächsten Tag eine Geschäftskarte mit Jamals garantiert richtiger Handy-Nummer zur Botschaft und erhielt die freundliche Zusicherung, dass man es selbstverständlich gern noch einmal versuchen und mir anschließend Bescheid geben werde. Wieder auf einen Anruf warten, immer mit einem Auge auf dem Handy, um ihn ja nicht zu verpassen. Nichts. Am folgenden Morgen erkundigte ich mich bei Jamal, ob er einen Anruf aus Berlin erhalten habe. Nein, das hatte er nicht. Nun, dann muss ich wohl noch einmal hinfahren und noch einmal betteln. Doch, doch, natürlich hatte die nette Dame es heute Morgen versucht, aber leider vergeblich. Wirklich? Ich weiß genau, dass Jamal die ganze Zeit sein Telefon eingeschaltet hat und wartet. Also wähle ich seine Nummer und schiebe mein Handy durch den Schalter, so dass Fräulein Wichtig endlich mit unserem uigurischen Reiseunternehmer sprechen muss. Ziemlich heftig geht's zur Sache und von meinem Karten-Guthaben bleibt nicht viel übrig, doch am Ende schenkt sie mir ein halbes Lächeln und versichert, wenn nun auch noch das gewünschte Fax komme, dann könne unser Antrag bearbeitet werden. „Warten Sie einfach auf unseren Anruf." Ja, das kenne ich schon, vielen Dank! Ehrlich gesagt, ich sah mich schon wieder zur Botschaft laufen, aber nach wenigen Tagen kam tatsächlich ein Anruf: „Am kommenden Freitag können Sie Ihr Visum abholen." Unser Flug war für Montag früh gebucht. Ab Freitagmittag ist niemand mehr erreichbar, für den Fall, dass ... Aber was sollte jetzt noch schief gehen?

Wir flogen am Montag nach Moskau, wo wir uns am Informationsschalter melden mussten. Etwas verwirrt begutachtete man unsere Pässe und Visa, tauschte fragende Blicke aus und von Zeit zu Zeit war aus dem Gespräch das Wort „Urumchi" herauszuhören. Dann wurde noch eine Weile hierhin und dorthin telefoniert, ehe wir schließlich unsere Bordkarten für den Weiterflug ausgehändigt bekamen. Was für ein suspektes Reiseziel hatten wir uns da nur ausgesucht!

Ein bisschen Zeit vertrödeln, die schier endlosen Gänge des Flughafengebäudes von Sheremetyevo durchwandern und beinahe ebenso lange Regalreihen von Wodkaflaschen bestaunen, eine Schale heißen Borschtsch probieren, dann, nach einigen Stunden mit „some turbulences" und beunruhigenden Geräuschen im Flugzeug war es endlich soweit und wir erreichten früh am nächsten Morgen Urumchi, wo Nuri auf uns wartete. Für die kommenden drei Wochen wollte er nun unser Reiseleiter sein.

Urumchi

Nuri zeigte uns alles, was es Interessantes in Urumchi zu sehen gibt, zuerst einmal das Kebab-Essen. Was gar nicht ganz einfach war, denn unser erster Tag war der letzte Tag des Ramadans und viele Restaurants hatten mittags geschlossen oder boten nur wenige kalte Speisen an. Wir entdeckten aber schließlich doch ein kleines Lokal, vor dem ein Grillofen stand und einen verführerischen Duft verströmte. Kebab sind gegrillte Lammfleischspieße, ziemlich groß, kräftig mit Kräutern gewürzt, und eine Spezialität, ohne die die Uiguren vermutlich gar nicht lebensfähig wären. Zumindest ist es eines ihrer Haupt- und Lieblingsgerichte, wie wir in den nächsten Wochen feststellen konnten. Anschließend bummelten wir durch den uigurischen Teil der Stadt. Von Altstadt kann man in Urumchi kaum sprechen, weil es hier nur noch wenige intakte alte Häuser gibt, nur ein paar halb abgerissene Gebäude, allerlei kleine Geschäfte und Marktstände, einen Basar, Moscheen, Handwerker und ihre winzigen Werkstätten, das seit Jahren leerstehende Kaufhaus von Rebiya Kadeer[2], Menschen, die aussehen wie in einer orientalischen Kleinstadt. Eine andere Welt für uns. Wir gucken und gucken und nehmen alles in uns auf. Nuri erklärt uns vieles, was wir nicht kennen. Zum Beispiel gibt es hier Spieße aus einem nicht brennbaren Holz, das man gern für Kebab benutzt, obwohl das aus Naturschutzgründen verboten ist. Einige Frauen bieten Blätter zum Verkauf, mit denen man die Augenbrauen färben und besonders kräftig nachwachsen lassen kann. Auch Henna, womit die Uigurinnen sich gern die Handflächen und Fußsohlen orange färben. Oder kunstvoll bemalte oder geschnitzte Dinge in verschiedenen Größen, die dazu dienen, in

---

2   Rebiya Kadeer ist eine uigurische Menschenrechtsaktivistin, die seit 2005 in den USA lebt

die Oberfläche von Nan-Broten ein Lochmuster zu „stempeln",
und Riesenhandschuhtopflappen, mit denen man die Nan-
Brote an die Ofeninnenwand drücken kann, ohne sich die
Finger zu verbrennen. Es gibt wundervolles Obst, bunte Gewürze, geschlachtete Schafe, die in langen Reihen aufgehängt
auf Käufer warten, und unzählige Kebab-Stände. Auch staunen
wir über Patrouillen, die im Gleichschritt und mit Holzknüp-
peln in der Hand durch die Gassen marschieren. Oder über
Soldaten mit Schild und Maschinengewehr über der Schulter.
Oder über sehr junge Polizisten, die ein wachsames Auge auf
das friedliche Treiben, das Einkaufen und Vorbereiten des Ra-
madan-Festes haben. Das ist nun einmal so, meint Nuri. Da
kann man nichts machen. Diese Patrouillen mit Knüppeln, das
sind eigentlich ganz normale Angestellte, Krankenschwestern
oder Lehrer zum Beispiel, die von ihrem Arbeitgeber „zwangs-
rekrutiert" wurden, um in den Straßen für Ordnung zu sorgen.
Die meisten von ihnen werden vermutlich hoffen, dass allein
ihr Anblick ausreicht, um für Ordnung zu sorgen.

Dann werden die Straßen breiter, die Geschäfte größer und
luxuriöser, viele Autos und Busse, Hochhäuser, Straßenüber-
und -unterführungen, ein lebhaftes und eher geordnetes Groß-
stadtbild: Wir sind jetzt im chinesischen Teil der Stadt. Die
Uiguren machen nur noch 9 bis 10 Prozent der Einwohner von
Urumchi aus, die überwiegende Mehrheit in dieser Millionen-
stadt sind Han-Chinesen. Auf dem großen Volksplatz ruhen wir
uns ein Weilchen aus, bewundern ein monumentales Denkmal,
das zur Erinnerung an die Machtübernahme der Kommunis-
ten und zum Dank an die chinesische Volksbefreiungsarmee
errichtet wurde, sehen einem vorbeimarschierenden Soldaten-
trupp nach und lauschen einer blechernen Lautsprechermusik,
zu der einige ältere Chinesen Walzer tanzen. Das hatten wir
schon in anderen Städten gesehen. Die Han-Chinesen tanzen
gern auf öffentlichen Plätzen oder in Parks nach westlicher
Musik, so wie sie auch morgens oder abends ihre Tai-Chi oder

andere sportliche Übungen machen. „Tanzen hier nur Chinesen?" „Ja", sagt Nuri. „wir mögen so etwas nicht. " Ich finde es aber nett, irgendwie rührend, wenn die alten Leute zusammenkommen, um im Freien miteinander zu tanzen.

Den Abend verbrachten wir bei Nuri zu Hause. Er wohnt mit seiner Familie in einem Häuserkomplex auf dem Campus der Fachhochschule, an der er viele Jahre gelehrt hat. Was mich an diesen Wohnhäusern in China fasziniert und was ich bis jetzt nicht recht verstehe: Wenn im Treppenhaus das Licht ausgeht, drückt man nicht auf einen Knopf, sondern klatscht in die Hände oder stampft mit dem Fuß auf, und das Licht geht wieder an. Schaltkreise mit Ohren.

Die Wohnung ist klein, aber Teppiche an der Wand machen sie warm und gemütlich. Ein bunt gedeckter Tisch. Nuris Frau Gülmira und die beiden Kinder begrüßen uns herzlich und versuchen, so gut es geht, ein bisschen mit uns zu plaudern. Unser neu erstandener Sprachcomputer kann gleich einmal zeigen, wozu er taugt. Allerdings tut er das eher für Lacherfolge als für wirkliche Verständigung, aber was macht das schon?

Am nächsten Morgen holte uns Nuri schon sehr früh vom Hotel ab, weil wir zum Morgengebet bei der Moschee sein wollten, um zu sehen, wie ein so wichtiger muslimischer Feiertag begangen wird. In diesem Jahr hatte das Gebet aber schon punkt sieben Uhr beendet sein müssen und wir kamen zu spät. Wir sahen nur noch Männer mit einem Gebetsteppich unter dem Arm nach Hause eilen und einige Polizisten, die sich von Zeit zu Zeit vergewisserten, dass der Vorplatz der Moschee ordnungsgemäß geräumt war.

Was macht man nun so früh morgens in der Stadt, wenn es nichts zu sehen gibt und der Magen knurrt – die Hotelköche waren nämlich auch alle zum Morgengebet gegangen und die Serviererinnen hatten um die leeren Tische herum ein Schläfchen gehalten. Zum Glück gibt es in einer uigurischen Stadt immer irgendwo einen Markt. So auch in der Nähe der

Moschee. Und hier war schon viel Betrieb. In der Morgensonne leuchtete das frische Obst besonders verlockend, gehäutete Schafe wurden gerade aufgehängt, Kebab vorbereitet und Nudeln gebraten. Die Uiguren kennen eine ganz spezielle Art der Nudelzubereitung: Sangza. Das sind sehr lange Nudeln, die zu Kringeln gedreht und in heißem Öl frittiert werden. Die einzelnen Kringelabschnitte werden anschließend zu einem Kranz zusammengesetzt, oft mehrere Kränze zu einer Pyramide aufeinandergetürmt, was sehr dekorativ und appetitlich aussieht. Diese Sangza fehlen auf keinem Esstisch, wenn Gäste eingeladen sind. Man bricht sich immer ein kleines Stückchen Nudel ab, das ist dann so ähnlich wie eine Salzstange oder ein Cracker. Und da die Kränze wahrscheinlich sehr lange haltbar sind, bewahrt man den Rest für die nächsten Besucher auf.

Wir hatten sie schon am Abend bei Nuri probiert und sollten gleich noch einmal Gelegenheit dazu bekommen. Denn nachdem wir eine Weile durch die Stadt gelaufen und gefahren waren, kam ein Anruf: „Wollt ihr nicht einen Roza-hëyt-Besuch bei Gülmiras Eltern machen? Roza-hëyt, das Fest des Fastenbrechens am Ende des Ramadans, bei uns auch „Zuckerfest" genannt, wird drei Tage lang gefeiert und jeder sollte am ersten Tag, wenn es irgend möglich ist, seine Eltern und älteren Verwandten durch einen Besuch ehren. An den folgenden Tagen trifft man sich mit anderen Verwandten und Freunden. Nuri hatte seinen Pflichtbesuch zwar schon am Tag zuvor abgestattet, da er ja eigentlich ab heute als unser Reiseleiter beruflich verhindert war, aber es ist doch schön, Besuche zu machen, und wir fühlten uns geehrt, eingeladen zu werden.

Wie es bei den Uiguren üblich ist, wenn Gäste kommen, war der Tisch schon wunderschön mit vielen Köstlichkeiten gedeckt. Dazu gehören so gut wie immer die kunstvollen Sangza-Kränze, auch kleine oder große Nan-Brote, Kuchen oder Kekse, Süßigkeiten, getrocknete Früchte, Nüsse und frisches Obst. Der ganze Tisch ist mit Schüsseln und Tellerchen bedeckt. Sobald die Gäste Platz genommen haben, wird Tee serviert, und später, nacheinander, verschiedene Gerichte wie zum Beispiel kalte Glibbernudeln aus Kichererbsenmehl in sauer-scharfer Sauce, Lampong genannt, oder eine Suppe, gekochte Lammfleischstücke, Laghman oder Polo. Diese beiden letzten Gerichte stehen fast immer auf dem Programm und auf jeder Speisekarte. Laghman sind warme Nudeln mit Fleisch und Gemüse und Polo ist ein traditionelles Reisgericht mit klein geschnittenem Lammfleisch, Gemüse und oft auch mit Rosinen.

Gülmiras Mutter, die doch durch unseren Besuch geehrt werden sollte, begrüßte uns sehr herzlich und dankbar ... und verschwand in der Küche. Wir aßen allein, nur Nuri und der Schwager blieben bei uns am Tisch; von Zeit zu Zeit erschienen mal Gülmira oder ihre Schwester, mal die Kinder, aber die Mutter? Hatten wir sie vertrieben? Das tat mir sehr leid. Sie kochte und arbeitete für uns, die sie doch gar nicht kannte, und aß nicht einmal mit am Tisch? „Das ist so üblich, mach dir nichts draus", meinte Nuri, „ihr ist es lieber so. In der Küche hat sie ihre Ruhe, da isst sie mit ihren Töchtern und den Kindern und kann sich ungezwungen unterhalten. Die Frauen bleiben gerne unter sich." „Aber ich denke, wir wollen gerade sie besuchen. Jetzt machen wir nur Umstände und Mühe und verdrängen sie sogar aus ihrem eigenen Wohnzimmer. Das ist doch nicht richtig." „Nun iss mal. Nimm noch ein bisschen. Die Gastgeber freuen sich immer, wenn man viel isst." Nicht einmal in dieser Hinsicht konnte ich ihr etwas Gutes tun, denn ich war viel zu schnell satt.

Später blieb uns ein wenig Zeit im Hotel, ehe es weiterging zum nächsten Besuch. Für den Nachmittag waren wir nämlich bei Ramila eingeladen.

Ramila hatten wir in Berlin kennengelernt. Sie ist Ärztin und war eine Zeit lang als Gastwissenschaftlerin an der Charité tätig gewesen. Leider hatten wir sie erst am Ende ihres Aufenthalts getroffen, aber es reichte aus, um mit ihr und Abdurahman, einem anderen uigurischen Gastwissenschaftler, Schloss Sanssouci zu besuchen, und kurz bevor sie nach Hause flog, hatte ich ihr beigebracht, wie man Apfelkuchen backt. Denn solche Kuchen wie in Deutschland kennt man in Xinjiang nicht, und es wäre doch ein Jammer, fand sie, wenn sie nie wieder deutschen Apfelkuchen essen könnte. Jetzt, einige Monate später, gab sie für uns ein Fest, hatte alle ihr bekannten Uiguren eingeladen, die einmal in Deutschland gewesen waren oder ein wenig Deutsch sprechen konnten. Abdurahman leider nicht, der war in Turpan, aber Nuri natürlich und Menssur, einen Absolventen der Sporthochschule Köln, der gerade damit beschäftigt war, Genehmigungen für die Gründung einer eigenen Firma zusammenzutragen. Auch zwei junge Leute, die in Eckernförde einen Sprachkurs machten und anschließend in Kiel studieren wollten, waren da und zwei sehr elegante kirgisische Deutsch-Dozentinnen, die sich jedoch lieber mit ihren iPhones unterhielten als mit uns.

Ramila ist noch genauso, wie wir sie kennen. Nur das bisschen Deutsch, das sie konnte, hat sie wieder verlernt, aber das ist nicht wichtig. Ihr stilles, strahlendes Lächeln ist noch das gleiche. Auch bei ihr ist der Tisch wunderschön und reich gedeckt, mit goldglänzendem Geschirr und perlenbestickter Decke. Ramilas Mutter heißt uns herzlich willkommen und … verschwindet in der Küche. „Das ist doch ein Fest für junge Leute", erklären Nuri und Ramila, „da will sie nicht stören." Ich wette, sie ist um einige Jahre jünger als Christiaan und ich, aber das ist doch auch mal eine nette Erklärung. Und wahrscheinlich fühlt sie sich tatsächlich wohler mit ihrer Enkelin in der Küche als mit den fremden Gästen, die sie nicht versteht.

Menssur fragt mich, warum wir nach Xinjiang gekommen sind und was ich von den Uiguren halte. Ich erzähle ihm von dem Plups. Viel mehr wusste ich noch nicht zu sagen. Unsere Reise fängt ja gerade erst an. „Findest du nicht, dass die Uiguren auch Nachteile haben?" „Die wenigen Uiguren, die ich kenne, hab ich sehr gern. Die haben keine Nachteile." Man muss ja höflich sein. Sonst hätte ich ihm natürlich etwas über die mangelhafte Zeitplanung unseres Reiseveranstalters sagen können, denn Jamal hatte uns schließlich mehrere Monate lang auf eine Antwort warten lassen und um ein Haar hätten wir deswegen unser Visum nicht rechtzeitig bekommen und alles wäre ins Wasser gefallen. Aber soll er doch lieber selbst sagen, was seiner Ansicht nach die nicht-guten Eigenschaften der Uiguren sind. Und womit fängt er an? „Mangelhafte Zeitplanung." Wenn er eine Verabredung trifft, dann hält er die vereinbarte Zeit ein, aber die anderen kommen zu spät oder vergessen den Termin ganz. Durch solche dummen Nachlässigkeiten verpasst man viele gute Gelegenheiten. „Zu wenig Verantwortungsbewusstsein für das, was sie tun." Das sollten wir in den nächsten Wochen viele Male in unseren Hotels zu spüren bekommen: Pflege und Instandhaltung kommen oft zu kurz. Hauptsache, die Arbeit ist getan, egal wie. „Zu wenig Biss. Sie geben zu schnell auf, wenn es schwierig wird, das Ziel zu erreichen. Sie haben wenig Selbstvertrauen und sind nicht so fleißig wie die Chinesen." Oh je. Und was sind ihre guten Seiten? „Wir halten zusammen. Religion und Sprache verbinden uns. Sie helfen uns, unsere eigene Kultur zu bewahren. Für Bildung jedoch braucht man Chinesisch. Die Mehrheit der Uiguren hat leider zu wenig Bildung und darum wird sich an unserer Situation nicht viel ändern." Ein klarer Blick! „Nur sehr wenige von uns halten es durch, ein Studium im Ausland abzuschließen und gleichzeitig für den eigenen Lebensunterhalt zu sorgen. Das ist schwer. Heimweh, harte Arbeit, Geldsorgen und viele Enttäuschungen. So viel Durchhaltevermögen bringen leider nur wenige von uns auf." Menssur ist stolz auf sich und das kann er zu Recht. Hoffentlich werden ihm und seiner zukünftigen Firma nicht allzu viele bürokratische Steine und ethnische Vorurteile in den Weg gelegt.

Christiaan unterhält sich lange mit dem jungen Mädchen, das in Eckernförde schon recht gut Deutsch gelernt hat. Sie scheint großes Vertrauen zu ihm zu haben und, damit niemand von den anderen hört, was sie über Freiheit und die untergeordnete Rolle einer muslimischen Frau denkt, hält sie sich scheu die Hand vor den Mund. Ein erster, vorsichtiger Versuch, die neuen Erfahrungen im westlichen Ausland, ihre Erkenntnisse, Überzeugungen und Hoffnungen offen auszusprechen. Eine mutige junge Frau. Sicher wird sie eine der wenigen sein, die, wie Menssur sagt, nicht orientierungslos durchs Leben laufen, sondern an ihrem Ziel festhalten.

Es war ein wirklich netter und interessanter Nachmittag bzw. Abend. Ob Nachmittag oder Abend, das kann man übrigens sehen, wie man will, denn:

Religion und Sprache sind zwar sehr wichtig für das Identitätsbewusstsein eines Volkes, aber es gibt noch ein paar weitere Dinge, an denen die Uiguren trotz aller Sinisierungsversuche unbeirrt festhalten. Eines davon ist die Uhrzeit. In ganz China gilt Peking-Zeit (6 Stunden vor unserer mitteleuropäischen Zeit). Das Land ist aber so groß, dass es drei Zeitzonen umfasst (Peking und Kashgar liegen 3432,61 Kilometer Luftlinie voneinander entfernt), und wenn über dem Chinesischen Meer die Sonne aufgeht, ist es in Xinjiang noch zwei Stunden lang stockfinster. Wenn die Leute in Chinas Hauptstadt abends ins Bett gehen, scheint bei den Uiguren noch die Sonne. Aber gegen Vorgaben der Zentralregierung lässt sich nun einmal nichts ausrichten und deshalb behilft man sich so: Man hat immer zwei Uhrzeiten parat. Zu uigurischen Freunden sagt man: Wir treffen uns um 10 und alle wissen, dass es dann im fernen China schon 12 Uhr ist. Zu einem Lehrer, Beamten oder Bankangestellten sagt man: Ich komme um 12 und alle wissen, dass es dann eigentlich erst 10 Uhr ist. Auf Flug- und Fahrplänen gilt Peking-Zeit, zu Hause beim Mittagessen Xinjiang-Zeit – so einfach ist das. Jedenfalls für

Uiguren. Für Touristen kann es unter Umständen ein wenig weniger einfach sein. Aber nicht sehr, denn für ausländische Reisende gilt grundsätzlich die Peking-Zeit. Wie ist es aber, wenn man mit einem uigurischen Freund unterwegs ist? Ist man dann Freund oder Tourist? Natürlich lieber Freund. Wir entschieden uns daher für die Xinjiang-Zeit, was allerdings zur Folge hatte, dass wir immer früh aufstehen mussten, wenn wir in den Hotels Frühstück haben wollten, denn ab 8 Uhr (= 10 Uhr Peking-Zeit) gab es meist nichts mehr, und eine halbe Stunde vorher auch nur noch Reste.

Es war also noch nicht sehr spät, als wir Ramila verließen, und so konnten wir noch eine weitere Verabredung treffen. Nuris Freund Halil war nämlich gerade mit zwei deutschen Kolleginnen in Urumchi und konnte nach all seinen Terminen noch ein bisschen Zeit für uns einplanen. Dann treffen wir uns doch in einem Restaurant und essen was! Nein, danke, wir haben gerade gegessen. „Das macht nichts!", entscheidet Halil und bestellt und bestellt. Halil ist wie immer etwas in Eile, hat tausend Dinge im Kopf. „Kennt ihr das? Das müsst ihr unbedingt probieren." Von den zwei Kolleginnen hat eine einen Darminfekt und die andere möchte nicht dick werden. „Es ist noch so viel übrig, nehmt doch noch ein bisschen mehr!" Halil selbst hat kaum Zeit zum Essen, weil er so viel erzählen muss. „Hattet ihr schon Kebab?" Ja, gestern … Und da kommt auch schon ein Berg von frisch gegrillten Fleischspießen. Der Duft ist verlockend. Christiaans Augen leuchten. Aber wie soll man das denn nur alles aufessen? Ich überhöre die weiteren Aufforderungen ein wenig verlegen, denn zu der Zeit wusste ich noch nicht, dass man Gäste immer dreimal bittet zuzugreifen, da diese beim ersten Mal grundsätzlich dankend ablehnen. Das gehört sich so. Das erfordert die Höflichkeit. Wenn ich es recht bedenke, so bin ich wahrscheinlich zu Hause in Berlin manches Mal furchtbar unhöflich gewesen, wenn ich den Tisch nach dem ersten

„Nein danke" schon abgeräumt habe. Es tut mir leid, liebe uigurische Freunde, aber ich wusste es nicht besser.

War das ein Tag! So viele nette Menschen und überall von Herzen willkommen. Jetzt könnte ich Menssur noch zwei gute Eigenschaften der Uiguren aufzählen: Gastfreundschaft und Herzlichkeit.

Kashgar

Für die erste Etappe unserer Reise hatten wir einen Flug gebucht, um uns eine Fahrstrecke von beinahe 1500 Kilometer zu ersparen.

Kashgar, die zweitgrößte Stadt Xinjiangs, liegt am westlichen Ende des Tarimbeckens, etwa 1300 Meter ü.d.M., nicht weit von den gewaltigen Gipfeln des Pamir und Karakorum entfernt und genau dort, wo einst die nördliche und die südliche Route der Seidenstraße zusammentrafen. Kashgar ist auch heute noch eine wichtige Handelsstadt, berühmt vor allem für den Sonntagsmarkt, auf dem die Bauern aus den Dörfern im weiten Umkreis schon seit Jahrhunderten an jedem Sonntag zusammenkommen, um Schafe, Ziegen, Esel, Rinder, Pferde und Kamele zu kaufen und zu verkaufen.

Im Gegensatz zu Urumchi, wo die große Mehrheit der Einwohner Han-Chinesen sind, ist es in Kashgar umgekehrt: Die Uiguren machen hier mehr als dreiviertel der Bevölkerung aus und die Stadt wirkt eher orientalisch als chinesisch. Es gibt zwar viele Neubauten und breite Straßen wie in anderen chinesischen Städten auch; der große Volksplatz sieht so aus wie andere Volksplätze und eine gewaltige Mao-Statue verkündet noch immer das Heil der Welt. Und trotzdem kann man beinahe vergessen, dass man sich noch in China befindet. Die Atmosphäre ist anders. Die Menschen sehen anders aus und tragen andere Kleidung. Auch die modernen Gebäude und chinesischen Schriftzeichen können nicht darüber hinwegtäuschen, dass wir jetzt im Land der Uiguren sind.

Von der historischen Altstadt Kashgars ist leider nur noch wenig übriggeblieben. Sie wurde in den vergangenen Jahren nach und nach abgerissen, weil sie angeblich nicht erdbebensicher war und die Menschen lieber in neuen und sauberen Häusern wohnen möchten als in den jahrhundertealten Lehmhütten, die jeden Augenblick einstürzen können. So heißt es zumindest von offizieller Seite. Vielleicht ist es der Regierung aber auch lieber, die Bewohner in ordentlichen, übersichtlichen Häusern untergebracht zu wissen als in diesem unüberschaubaren Gewirr kleiner Gassen. In einem YouTube-Film wird ein chinesischer Beamter gefragt: „Vermuten Sie denn, dass sich in der Altstadt viele Separatisten versteckt halten?" „Hören Sie", windet er sich etwas ungehalten heraus, „ich bin für Stadtentwicklung verantwortlich und kann mich nicht zu Fragen der inneren Sicherheit äußern. Unser Ziel ist es einzig und allein, dass es den Menschen gut geht."[3]

Neben diesem „Sauber-Sicher-Überschaubar-Machen" gibt es in China aber auch, wie wir aus den Vorträgen unseres Freundes Halil wissen, das Bestreben, dass jede Stadt in China so aussehen soll bzw. möchte wie Peking und Shanghai, gleichgültig ob sie in regenreichen Küstengebieten liegt oder mitten in der Wüste: Moderne Wohnblocks, breite, vielspurige Straßen, ein großer Volksplatz, Parkanlagen mit Rasenflächen, exotischen Bäumen und Springbrunnen – das gilt offenbar als höchstes Ziel der Stadtplaner.

All dies gibt es auch in Kashgar, aber Nuri führt uns als Erstes durch die letzten Reste der Altstadt. Das Neue und Moderne ist für ihn uninteressant, das ist wie überall. Nur im Ursprünglichen, Alten liegt das Wesen seines Landes und seines Volkes und das ist es, was wir kennenlernen sollen.

Viele Häuser sind verlassen, halb abgerissen oder nur noch Trümmerhaufen, manche sind noch bewohnt, manches ist schon im Bau, manches verkommt einfach so. Wir bleiben bei einem Haus stehen, wo man gerade einen Blick in den Innenhof werfen kann, weil jemand aus der Tür tritt. Der Hausherr kommt auf uns zu, als er unser Interesse bemerkt, und lädt uns ein, hereinzukommen und alles anzuschauen. Oben auf dem

---

3   Uighur Dilemma (www.youtube.com/watch?v=Gm4uVWNAc0k)

Dach kann man schlafen, wenn es im Sommer drinnen zu heiß ist. Es liegen viele Gerätschaften herum, halbe Sachen und kaputte Überreste, ein bisschen Durcheinander, aber das sieht nur für uns so aus. Für ihn ist alles noch intakt. Das Haus steht seit 250 Jahren, viele Generationen seiner Familie haben hier gelebt, es gab Erdbeben und es war immer sicher, bestimmt sicherer als diese billig hochgezogenen Neubauten, an denen schon jetzt der Putz abbröckelt. Die Regierung verspricht ihm eine Entschädigung, wenn er sein Haus abreißen und neu bauen lässt, erzählt er, zahlt aber nur für die Außenmauern, das Dach und alles andere müsste er selbst bezahlen. Das kann er aber gar nicht, das ist völlig ausgeschlossen. Die guten Leute laden uns zum Essen ein. Nein, danke. Wenigstens zum Tee! Nein, danke, vielen Dank. Tut uns leid, herzlichen Dank, aber wir müssen weiter. Eigentlich wäre es doch interessant gewesen, noch länger mit den Leuten zu sprechen und mehr über ihr Leben hier zu erfahren, und Zeit hätten wir auch genug. „Das geht nicht", erklärt Nuri. „Die Menschen sind sehr gastfreundlich, hier in Kashgar sind sie sogar als ganz besonders gastfreundlich bekannt, aber man darf eine Einladung nicht sofort annehmen. Sie ist zwar ehrlich gemeint, aber trotzdem eher formell. Beim ersten Mal muss man unbedingt ablehnen. Es wäre unhöflich, sofort ja zu sagen. So ist das bei uns."

An den Ruinen sehen wir zum Teil noch schöne Verzierungen, Fliesenwände und Stuck, Bäume, die einmal in einem schattigen Garten standen, spielende Kinder. Wir gehen durch viele Straßen und Gassen, Nuri und ich machen unzählige Fotos, von kaputten Häusern, von Kindern, alten Männern, Familien. Da heute noch immer Roza-hëyt ist, tragen viele Frauen und Mädchen ihre schönsten Kleider. Sie sehen hinreißend aus. Und sie lassen sich gern fotografieren. Nuri bittet ein Mädchen mit vielen, sehr langen, schwarzen Zöpfen, für uns einen Augenblick stehen zu bleiben. „Das ist eine alte Tradition", erklärt er. „Junge Mädchen tragen vor der Hochzeit ganz viele lange geflochtene Zöpfe, und zwar immer eine ungerade Zahl, zum Beispiel 7, 21 oder 41. Nach der Hochzeit nur noch einen oder zwei. „Ungerade Zahlen bringen Glück, heißt es nach islamischer Überlieferung, aber warum ausgerechnet diese drei Zahlen für die Haartracht der Mädchen bedeutsam sein könnten, weiß er nicht. Doch es wird sicher auf irgendeine alte Weisheit zurückgehen.

Wir bewundern die üppigen Obststände, probieren frische gelbe Feigen, erholen uns einen Augenblick bei Kebab und Tee, schauen, staunen und beobachten und fühlen uns weit, weit weg von zu Hause. Eigentlich ist „zu Hause" gar nicht mehr präsent, wir sind längst eingetaucht in das fremde Leben des Orients, wie es vor Jahrhunderten nicht viel anders gewesen sein wird. Nur dass es damals noch nicht so viele kaputte Häuser gab – und keine Handys.

Auf unserem Spaziergang durch die Altstadt haben wir Nuris deutschen Freund Peter aus Berlin getroffen, der hier zurzeit für seine Doktorarbeit Material sammelt. Natürlich haben wir ihn nicht einfach zufällig getroffen, sondern per Handy einen Treffpunkt ausgemacht. Ohne Handy scheint hier sowieso gar nichts zu gehen. Daran haben wir uns schnell gewöhnt. So finden wir dann auch bald unseren nächsten Begleiter: Ablimit, einen jungen Schneider, der in Kashgar einen Designer-Kurs macht und Peter bei seinen Forschungen hilft. Auch unseren Fahrer Ahmedjan und sein Auto finden wir per Handy wieder. Übrigens, Ahmedjan, der uns am Morgen vom Flughafen abgeholt hatte und von nun an unser ständiger Begleiter sein wird, ist eine Perle von Fahrer. Wenn ich ihn beschreiben sollte, dann fällt mir spontan als Erstes ein: so ungefähr das Gegenteil von einem Feingeist, ein einfacher, bodenständiger Typ. Er ist nur fünf Jahre in der Schule gewesen, kann Chinesisch weder schreiben noch lesen, sich aber mündlich recht gut verständlich machen, auch einmal lautstark, wenn es sein muss. Er ist kräftig mit wohlgenährtem Ränzlein, aber flink und immer zur

Stelle; zurückhaltend und bescheiden, aber rührend aufmerksam und hilfsbereit. Ein- und Auschecken oder Passkontrollen, das flutscht mit einer simplen Geste und dem einzigen Wort, das er auf „International" kennt: „Passport". Viel mehr können wir nicht miteinander sprechen, aber wir verstehen uns immer ausgezeichnet. Einmal, als ich mich nicht so recht wohl fühlte und mir nicht einmal nach Fotografieren zumute war, stellte er sich breitbeinig vor mich in die schöne Landschaft und sagte ohne Worte: „Nun komm schon, hör auf zu brummeln und mach ein Foto von mir!" Das werde ich ihm nie vergessen. Wenn er auch nicht gut lesen und schreiben kann, so kann er doch hervorragend Auto fahren. Eigentlich ist dies in Xinjiang viel entspannter als bei uns, aber man muss trotzdem jede Mini-Sekunde höllisch auf der Hut sein, denn auf Regeln kann man sich hier nicht verlassen. Jeder muss selbst für sein Vorankommen sorgen, dann fließt der Verkehr gleichmäßig und zügig. Was auch immer passiert, niemand regt sich auf, niemand beschimpft den anderen. Was Ahmedjan neben seinem Auto auch sehr liebt, ist Rauchen und mit dem Handy spielen. Daher langweilt er sich nie, selbst wenn er stundenlang auf uns warten muss.

An diesem Abend bringt er uns zu einem Gartenrestaurant, wo wir in lauschiger Geborgenheit auf Kissen um einen niedrigen Tisch sitzen und ein leckeres Gericht nach dem anderen serviert bekommen. Noch ein Freund von Peter ist aufgetaucht: Imirjan, ein ewig gut gelaunter Holzkohleproduzent und -händler. Holzkohle wird zum Kebab-Grillen gebraucht und gute Holzkohle ist sehr begehrt. Das merkt man daran, dass sein Handy noch viel häufiger klingelt als das der anderen. Es geht fröhlich, herzlich, ungezwungen zu, Peter und Nuri übersetzen ab und zu, aber auch ohne viel zu verstehen ist es einfach schön, dazuzugehören, willkommen zu sein.

Nicht nur das. Mehmed Eli, ein Musiker, der sich inzwischen auch zu uns gesellt hat, möchte uns in seine Familie einladen.

Sie wohnt in der Altstadt, nicht in einem der abbruchgefährdeten Lehmhäuser, sondern in einem größeren zweistöckigen Haus im Zentrum. Als wir ankommen, ist der Tisch bereits so gedeckt, wie wir es in den letzten Tagen schon mehrere Male erleben durften: wunderschön mit vielen bunten und appetitlichen Kleinigkeiten. Doch nicht genug damit: Nach einer Weile bringt die Tante, die hier zu Hause ist, für jeden eine Schale Lampong (die Glibbernudeln aus Kichererbsenmehl mit Gemüse und sauerscharfer Sauce). Oh, wir kommen doch gerade vom Essen! Kein Problem, ein bisschen werden wir noch zugreifen, denn das fordert die Höflichkeit, auch wenn dieses Glibbergericht für Christiaan und mich eher ein Horror ist als eine Delikatesse. Dass einer unserer fröhlichen Begleiter immer am Handy verlangt wird, fällt schon gar nicht mehr auf. Es muss eben ständig kommuniziert werden und man kennt so viele Leute, die auch ständig kommunizieren wollen, dass man jederzeit gesprächsbereit sein muss. Imirjans Klingelton ist eine schrille Bauchtanzmusik und wird jedes Mal mit lautem Willkommensgelächter begrüßt.

Zum Abschluss gibt es noch ein paar frische Weintrauben – das tut gut! Aber nein, nicht zum Abschluss, denn schon bringt die Tante ein Tablett voller Manta, gedämpfter mit Fleisch und Zwiebeln gefüllter Teigtaschen. Werden wir auch davon noch eine schaffen? Noch eine, bitte! „Da müsst ihr durch", mahnt Peter. „Das ist uigurische Gastfreundschaft und der Gastgeber freut sich, wenn viel gegessen wird." Das ist mir schon bekannt, aber trotzdem bleibt ein bisschen wie aus Versehen auf meinem Teller liegen. Nun werden Wassermelonenstücke gereicht. Erfrischend und süß und da kann selbst ein voller Bauch nicht widerstehen. Aber jetzt würden wir wirklich gern aufbrechen. Wir waren seit mittags unterwegs, müssen noch unsere Finanzen mit Jamals Bruder regeln, Haare waschen, viele Dinge aufschreiben, die ich auf keinen Fall vergessen darf. Aber nein, wir können doch noch nicht gehen. Mehmed Eli hat gerade Kebab bestellt! Warten wir also, bis das Kebab kommt. Glücklicherweise hat sich mittlerweile bei uns ein kleiner Bub mit Plastikmaschinenpistole eingefunden, der nicht nur sehr kämpferisch aussieht, sondern auch großen Hunger zu haben scheint und tüchtig zugreift. Schließlich wird kurz gebetet, wir verabschieden uns von den dankbaren Gastgebern, denen wir so viel Mühe und Unkosten bereitet haben. Aber so ist das eben mit der uigurischen Gastfreundschaft.

Man solle nun nicht denken, wie hätten unsere ganze Reise vorwiegend mit Essen verbracht. Das ist nicht richtig. Es war nur der überwältigende Eindruck der ersten Tage. Später war ich fast immer so intensiv mit Gucken, Hören und In-mich-Aufnehmen beschäftigt, dass ich kaum einmal Hunger bekam.

Da wir im letzten Jahr auch schon in Kashgar gewesen waren, kannten wir bereits die wichtigsten Sehenswürdigkeiten der Stadt. Das bedeutendste Bauwerk ist die aus dem Jahre 1442 stammende Id-Kah-Moschee, die größte Moschee Chinas. Freitags versammeln sich hier oft 20 000 Gläubige zum Gebet, an besonderen Feiertagen noch weit mehr, dann auch draußen auf dem großen Vorplatz. Ein anderes interessantes Bauwerk aus früherer Zeit ist das Grabmal des Abakh Hoja. Es wurde um 1640 für den damaligen Herrscher und seine Familie erbaut und liegt zusammen mit einer Moschee und einigen anderen Gebäuden in einer sehr schönen Gartenanlage. Die Vorfahren Abakh Hojas waren einst aus Samarkand gekommen und hatten die sufistische Strömung des Islam verbreitet. Er selbst wurde daher nicht nur als der politische Führer verehrt, der sich um die Vereinigung mit China verdient gemacht hatte, sondern auch als religiöser Führer seines Landes.

Auch das Grabmal des Yusuf Hash Hajip, eines uigurischen Gelehrten aus dem 11. Jahrhundert ist sehenswert, und nicht zu vergessen natürlich der große Volksplatz mit der monumentalen Mao-Statue und dem angrenzenden Volkspark.

Der Volksplatz stand dieser Tage allerdings nicht dem Volk zur Verfügung, sondern wurde anderweitig genutzt: Militärwagen und Soldaten waren aufgefahren, um mit Kung-Fu und ähnlichen Übungen Macht zu demonstrieren. Man muss dazu sagen – und das war vielleicht auch für unsere Visa-Schwierigkeiten (mit)verantwortlich gewesen –, dass es einige Wochen vor unserer Reise in Hotan und Kashgar zu blutigen Unruhen gekommen war. Nach offiziellen Angaben waren es aufständische Uiguren gewesen, die chinesische Polizisten angegriffen hatten, Terroristen, Separatisten, möglicherweise durch ausländische Aufwiegler aufgehetzt, doch über die wahren Hintergründe spekuliert man vergeblich. Es heißt zum Beispiel auch, dass zuvor Männern zwangsweise der Bart geschoren und Frauen der Schleier weggerissen worden war. All diese Zwistigkeiten sind schwer zu durchschauen. Beide Seiten sind von der Schuld der anderen überzeugt und am Ende bekommen meist die Han-Chinesen Recht.

Am nächsten Morgen tauchte noch eine weitere Begleiterin auf: Maria, eine deutsche Ethnologie-Studentin, die die Uiguren zum Hauptthema ihrer Studien machen wollte und bei Peter Rat suchte. Und da stand auch schon Imirjan, der fröhliche Holzkohlehändler, mit seinem Mofa bereit, um uns den Weg zu seinem Haus zu zeigen. Es liegt zwar noch in der Stadt, aber in einer abgelegenen, schon beinahe dörflichen Umgebung. Durch das Eingangstor geleitet er uns in einen Innenhof. Ein Bäumchen wächst hier und allerlei Topfpflanzen und Blumen, bunte Vorhänge vor den Türen und verzierte Holzeinfassungen geben dem Hof eine frische, wohnliche Atmosphäre. Umgeben ist er von zweistöckigen Gebäuden. Neben seiner Frau und den zwei kleinen Kindern scheinen hier noch andere Verwandte zu wohnen, eine große Familie. Die Uiguren dürfen übrigens wie alle ethnischen Minderheiten Chinas zwei Kinder haben, auf dem Lande sogar drei, während den Han-Chinesen in der Stadt nur ein und auf dem Lande zwei Kinder erlaubt sind.

Auf den Willkommensgruß folgt zunächst das zeremonielle Händewaschen: Der Gastgeber gießt mit einer Kanne dreimal etwas Wasser über die Hände des Gastes; der reibt die Hände ineinander, während das Wasser in eine Schale tropft, die darunter steht oder die der Gastgeber mit der linken Hand hält. Nach dem dritten Spülen trocknet man sich die Hände ab und wartet, bis der nächste Gast das Handtuch braucht. Erst danach setzen sich alle zu Tisch, oder vielmehr setzen wir uns heute „zu Teppich", denn die bunten Köstlichkeiten sind hier in der Mitte des Raumes auf einer Decke auf dem Boden angerichtet und wir sitzen auf Kissen rundherum.

Später erklärt mir Imirjan – wahrscheinlich hat Nuri ihm gesagt, dass ich alles wissen möchte, was mit dem täglichen Leben, mit Bräuchen und Gewohnheiten zusammenhängt, damit ich ein Buch über die Uiguren schreiben kann –, was es mit den Nischen in der Wand auf sich hat und warum in fast allen Häusern die Stirnwand des Wohnraums mit einem Vorhang verdeckt ist. Ganz einfach, hinter dem Vorhang sind Decken und Matratzen aufgestapelt, für Gäste, die hier vielleicht einmal schlafen möchten. Betten, Tische und Stühle braucht man nicht, nur Kissen und viele Decken. Schränke in unserem Sinne gibt es auch nicht, dafür sind aber in die Lehmwände Vertiefungen eingelassen, die mit Vorhängen oder Holztüren geschlossen werden und zum Aufbewahren von Geschirr und anderem Hausrat dienen. Die hübschen Nischen an der Seitenwand dagegen waren früher für Buddha-Figuren vorgesehen, genauso wie in den buddhistischen Tempeln und Höhlen, weißt du ... „Aber so alt ist das Haus doch nicht!" Neeeiin, natürlich nicht. Aber man macht das trotzdem und stellt etwas anderes hinein. Ach, ist das nett! Ich finde das wirklich nett. Das bedeutet doch, dass man alte Traditionen und andere Religionen achtet.

„Wir wollen jetzt zum Freitagsgebet zur Id Kah. Was macht ihr?" Wir vier Nicht-Muslime wissen es nicht und stehen erst einmal im Regen herum. Tatsächlich, es regnet! Das tut es nicht oft in Kashgar und auch nicht in dieser Jahreszeit. Aber ausgerechnet jetzt, wo wir nicht wissen, wohin wir sollen, möchte es einmal regnen. Wir gehen in ein Jadegeschäft, doch da wir nichts kaufen wollen, ist das bald uninteressant und die Verkäufer lassen uns nicht einfach im Trockenen warten, sondern preisen hartnäckig ihre schönen Waren an. Nehmen wir ein Taxi und fahren zum Basar! Der Basar ist wegen Freitagsgebet geschlossen. Aber gegenüber befindet sich ein Stück Altstadt, das erhalten bleiben und Touristenattraktion werden soll, für die man später Eintritt bezahlen muss. Etwas anderes gibt es hier nicht und die Wege sind vom Regen so aufgeweicht, dass man kaum die Füße aus dem Schlamm ziehen kann. Nun hilft nur noch Peters Handy. Vielleicht ist Ahmedjan ja schon fertig mit Beten und kann uns abholen? Natürlich kann er.

Ein Gutes hatte der Regen dann doch, denn ich habe etwas gelernt, was ich ohne Regen nicht gelernt hätte: „Sieh mal da", zeigt Nuri, „siehst du die Tüten?" „Nein, welche Tüten?" „Da, was der Mann auf dem Kopf hat." Aha? „Siehst du das nicht? Da, der auch. Die Männer stülpen sich eine Plastiktüte über die Doppa, damit sie nicht aufweicht. Die Verzierungen dieser Kappen sind nämlich oft nur aufgeklebt und wenn sie nass werden, geht alles ab." Jetzt entdecke ich einen Mann, der seine Doppa mit einer durchsichtigen Folie geschützt hat. Wer aber nicht so etwas Feines wie Klarsichtfolie zur Hand hat, nimmt einfach eine bunte Plastiktüte aus dem Supermarkt. Schließlich regnet es ja nicht oft in Kashgar.

Die meisten Uiguren, jedenfalls die älteren, tragen immer eine Kopfbedeckung, teils aus religiösen, teils aus traditionellen Gründen. Neben verschiedenen Arten von Hüten, Pelzmützen und Turbanen, sieht man am häufigsten die Doppas. Das sind viereckige Kappen, oft zusammenklappbar, die unterschiedlich bestickt oder verziert sind. Früher besaß jeder Ort sein eigenes Muster, so dass man an der Doppa erkennen konnte, woher ein

Mann stammte, aber heute sieht man das nicht mehr so eng und viele der Doppas werden maschinell bestickt.

Nun, wo wir alle wieder vereint sind und das Auto voll, fahren wir aufs Land, eine Großtante von Imirjan besuchen. Sie besitzt einen kleinen Bauernhof. Während der Kulturrevolution hat sie in der Kommune hart arbeiten müssen und seitdem einen schmerzenden Rücken. Jetzt darf sie das Land wieder selbst bewirtschaften, aber sie ist allein. Zehn Kinder hat sie geboren, drei sind gestorben und die anderen leben irgendwo in der Nähe und helfen ein bisschen. Sie weiß nichts von unserem Besuch, denn auf dem Lande hat nicht jeder ein Handy und alte alleinstehende Bauersfrauen erst recht nicht. Aber trotzdem freut sie sich und bewirtet uns mit allem, was sie finden kann. Wie gern hätte ich mit ihr über vergangene Zeiten gesprochen! Was wird sie alles erlebt haben während der Mao-Zeit und was hätte sie alles erzählen können? Sie sieht stark und mutig aus, obwohl sie klein und schmächtig ist. Ihre Augen funkeln wach und lebendig, wenn sie spricht, und als sie uns ihre Felder mit Mais und Baumwolle und ihre Dattelbäume zeigt, ist sie sichtlich stolz. Die Früchte, die man hier Datteln nennt, sind übrigens nicht die Datteln der Dattelpalme, sondern die Früchte der Chinesischen oder Roten Dattel, auch Brustbeere genannt (Ziziphus jujuba), eines Kreuzdorngewächses, das in Nordchina schon seit mindestens 4000 Jahren kultiviert wird. Als wir zum nächsten Besuch weiterfahren wollen, gibt sie uns einige große Weintrauben aus dem Garten mit auf den Weg. Und mit ihrer Katze im Arm schaut sie uns lange nach.

Alles Land in China gehört dem Staat.[4] Das Land kann aber an Privatpersonen verpachtet werden, z.B. um es landwirtschaftlich zu nutzen oder um ein Haus darauf zu bauen. Das Haus ist dann selbstverständlich Eigentum der Privatperson,

---

4   Allerdings gibt es auch die Auffassung, dass das Land eines Dorfes den
     Bauern als Kollektiv gehört, aber es gibt keine wirkliche Rechtssicherheit.

aber nicht das Grundstück, auf dem es steht. Wenn der Pachtvertrag ausläuft oder wenn die Regierung andere Pläne mit dem Land haben sollte, vielleicht eine Straße bauen oder eine neue Fabrik, und den Vertrag vorzeitig kündigt, dann … Ja, was dann? Dann könnte der Eigentümer sein Haus nehmen und es woanders abstellen. Oder mit leeren Händen und einer winzigen Abfindung dastehen und zusehen, wie es abgerissen wird. Oder in Peking Beschwerde einreichen. Das ist tatsächlich möglich. Jeder Bürger hat das Recht, sich an höchster Regierungsstelle über Ungerechtigkeiten zu beschweren und auf eine Lösung seines persönlichen Problems oder des Problems seines Dorfes zu hoffen. Es gibt wundersame Fälle, in denen solche Aktionen von Erfolg gekrönt waren, aber es gibt auch Fälle, in denen die Lokalregierung dem naseweisen Beschwerdeführer ein paar getreue Mitarbeiter hinterher schickt, um ihn unauffällig in die Heimat zurückzubeordern, oder solche, die irgendwo auf dem langen Weg durch das große Land und die vielen Institutionen spurlos versickern.

In einem anderen Dorf, bei einer anderen Tante von Imirjan sind wir ebenfalls hochwillkommen, obwohl auch sie nicht vorbereitet ist. Es wird kurzerhand per Eselkarren Essen aus dem Dorf herbeigeschafft, denn nun ist es wieder Zeit für eine richtige Mahlzeit. Da die Tante und ihre Familie nicht an dem Gastmahl teilnehmen, sondern nur helfen, die Gerichte hereinzutragen – ich sage schon längst nicht mehr, dass ich mich als Eindringling fühle, der die Hausherren aus dem eigenen Haus verdrängt, denn so ist es nun einmal mit der uigurischen Gastfreundschaft – übernimmt Imirjan die Gastgeberfunktion, d.h. beten und zum Essen auffordern. Er kann die Gastgeberrolle aber auch an jemanden weiterdelegieren, der den Ehrengästen näherstht als er selbst, sprich: Peter, da er aus Deutschland kommt wie Christiaan und ich, oder Nuri, weil er uns am längsten kennt. Wie kommt es eigentlich, dass wir die Ehrengäste sind? Gestern Abend haben wir

Imirjan zum ersten Mal gesehen und seinen Verwandten sind wir völlig fremd. Ist es vielleicht, weil wir von weither kommen, weil wir Interesse an ihrem Volk und Land haben oder einfach nur weil wir Freunde eines Freundes eines Freundes eines Verwandten sind?

Als ich zwischen den Gängen für einen Augenblick in den Hof gehe, um mir die schmerzenden Beine zu vertreten – es ist für mich sehr ungewohnt, für längere Zeit damenhaft auf dem Boden zu sitzen –, lächelt mir die Tante entgegen und wir unterhalten uns ein wenig ohne Worte. Ich glaube, sie ist beinahe dankbar, dass ich sie beachte, dass ich mir die Mühe mache herauszukommen und den Kindern zuzusehen, sie sogar fotografieren möchte. Zaghaft nähert sich auch eine jüngere Frau, dann noch eine andere, und alle wollen sie mit aufs Bild. Das finde ich wunderbar, jetzt bin ich dankbar und kann ein klein wenig verstehen, warum die Frauen gern unter sich bleiben. Hier im Hof fühlen sie sich frei und unbeobachtet, sie brauchen sich keinen Förmlichkeiten zu unterwerfen. Sie können ungezwungen ihren eigenen Interessen und Gesprächsthemen nachgehen. Einen Moment lang habe ich das Gefühl, hier besser aufgehoben zu sein als drinnen am reich gedeckten Tisch, obwohl ich dort ein Ehrengast bin. Diese stille, herzliche Zwanglosigkeit jedoch bleibt mir eine ganz besonders wertvolle Erinnerung.

Das Miteinander von Männern und Frauen versteht sich grundsätzlich bei den Uiguren anders als bei uns, auch wenn sich in manchen Gegenden die Bräuche im Vergleich zu früher gelockert haben. Im Allgemeinen ist es aber so, dass sich Männer und Frauen gern getrennt halten. Bei Einladungen sitzen nicht alle zusammen am Tisch und unterhalten sich über gemeinsame Themen, wie es bei uns üblich ist, sondern die Frauen bleiben unter sich und sprechen über häusliche Dinge, während die Männer „wichtigere" Themen zu erörtern haben. Bei größeren Festen, zum Beispiel einer

Dorfhochzeit, gibt es sogar für junge und ältere Männer und für Frauen gesonderte Feiern. Alles folgt einem bestimmten Ritual.

Nach dem Essen gehen wir ein bisschen im Dorf spazieren. Imirjan zeigt uns den Hof, die Ställe, wo jetzt der Esel steht, der unser Essen geholt hat, ein paar Schafe und Hühner. Dahinter erstreckt sich ein ganzer Wald von Granatapfelbäumen. Es regnet schon lange nicht mehr und die roten Früchte leuchten im frischen Grün. Leider sind sie noch nicht so reif, wie sie aussehen, sondern schaurig sauer. Weite Baumwollfelder sehen wir und abseits davon einen fast vollständig ausgetrockneten Fluss. Wir erfahren auch einiges über das heutige Dorfleben, zum Beispiel über die Bedeutung des offiziellen Mullahs und der anderen, nicht-offiziellen, religiösen Führer, über Heiler, die über besondere Kräfte verfügen oder zu verfügen glauben und bei Krankheit gern um Hilfe gebeten werden, weil es in den Dörfern keinen Arzt gibt.

Eine von der Regierung vorgegebene Verwaltungsstruktur soll für politische Ordnung und Wirtschaftlichkeit der ländlichen Gebiete sorgen. In den 1960er Jahren waren alle Bauern zu Kommunen zusammengefasst gewesen und hatten strikt das auszuführen, was die Parteioberen bestimmten – eine Zeit voll unsinniger und menschenverachtender Praktiken, die nicht nur entbehrungsreich, oft grausam war, sondern auch unwirtschaftlich, die aber zum Glück der Vergangenheit angehört. Jetzt ist es so, dass die Bauern ihr Land, zumeist das Land, welches früher ihr Eigentum gewesen war, gegen eine Pachtgebühr und Abgaben für Wassernutzung, mehr oder weniger eigenständig bewirtschaften.

Die Bauern eines Dorfes oder einer Verwaltungseinheit kommen in regelmäßigen Abständen zu einem Treffen zusammen und erhalten von den staatlichen Beamten Richtlinien und Empfehlungen für ihre Bewirtschaftung, die zwar keine unumstößlichen Order sind, aber da im Dorf jeder weiß, was der andere tut oder nicht tut, ist stets eine gewisse Kontrolle über das Dorfgeschehen gewährleistet. Außerdem wird für einen bestimmten Bereich immer ein Mann zum On beshi ernannt, zu einer Art Obmann, der für die anderen und für alles, was diese tun, der vorgesetzten Instanz gegenüber verantwortlich ist.

Eine Geschichte hat man uns erzählt, von der ich nicht recht weiß, ob sie sich tatsächlich genau so zugetragen hat oder ob die Wahrheit vielleicht ein wenig manipuliert wurde. Auf jeden Fall ist sie aber bezeichnend für das Verhältnis zwischen chinesischen Beamten und uigurischen Bauern: Als einmal ein neuer Parteisekretär seinen Dienst antrat, sagte er: „Zwischen den Feldern müsst ihr einen Streifen frei machen und Aprikosenbäume pflanzen. Dann gedeiht alles viel besser." Die Bauern pflanzten Aprikosenbäume und der Parteisekretär verdiente gut, weil er mit den Aprikosenbaumverkäufern befreundet war. Nach drei Jahren kam ein neuer Parteisekretär. Der sagte: „Warum habt ihr hier Aprikosenbäume gepflanzt? Die stören doch. Reißt sie aus." Die Bauern rissen alle Aprikosenbäume aus. Nicht lange und der Parteisekretär wurde wieder abgelöst. Der nächste sagte: „Wisst ihr, ihr solltet zwischen den Feldern einen Streifen mit Pfirsichbäumen bepflanzen." „Nein!" „Nein? Wenn ihr es nicht tut, müsst ihr fort von hier. Das Land gehört dem Staat und ihr habt kein Recht, es zu bewirtschaften, wenn ihr die Vorschriften nicht befolgt."

Oytagh

Am nächsten Tag wollten wir nach Oytagh fahren. Das ist ein Tal in den östlichen Ausläufern des Pamir-Gebirges, etwa 130 Kilometer von Kashgar entfernt. Maria begleitete uns, aber die anderen neuen Freunde blieben in der Stadt zurück, so dass es nun wieder etwas stiller um uns war. Wir fuhren aus der Stadt hinaus, dann auf dem Karakorum-Highway Richtung Südwesten. Diese Straße, die Kashgar mit Islamabad verbindet, ist die höchstgelegene Fernstraße der Welt (höchster Pass: 4733 m). Sie wurde innerhalb von zwanzig Jahren gemeinsam von China und Pakistan gebaut und 1978 fertig gestellt. Viele Menschen kamen bei den gefährlichen Arbeiten in den Bergen des Pamir, Karakorum, Himalaya und Hindukusch ums Leben. Wenn man das vergessen kann und keine Angst vor schroffen Abgründen hat, dann kann man von hier aus faszinierend schöne Ausblicke auf einige der höchsten Gipfel unserer Erde genießen, u.a. auf den Nanga Parbat.

In der Nähe des kleinen Städtchens Opal machten wir Halt, um das Mausoleum des Mahmud al-Kashgari, eines uigurischen Wissenschaftlers aus dem 11. Jahrhundert, zu besuchen. Er hat nicht nur ein Lexikon aller türkischen Dialekte verfasst, das „Diwan Lughat at-Turk", sondern auch eine Karte der damals bekannten islamischen Welt gezeichnet, und einige wundersame Legenden ranken sich um seine Weisheit. Um das Grabmal herum, das über lange Zeit zerstört gewesen war, wurde 1984 ein kleines Museum gebaut. Die ganze Anlage, hoch auf einem Berg und im schattigen Wald gelegen, ist angenehm und ruhig, beinahe verwunschen. Jenseits der Umgrenzungsmauer erstreckt sich über einen ganzen Hügel ein Friedhof. Die Gräber sehen aus wie uralte Sarkophage aus Lehm, doch auch heute noch werden die Uiguren auf diese Weise bestattet: Der Leichnam wird in ein langes baumwollenes Tuch gehüllt und in eine Grube gelegt. Zwei Tage lang wachen und beten Verwandte am offenen Grab, dann wird es zugeschüttet und ein schwerer Sockel mit einer „Rolle" aus Lehm daraufgesetzt. Diese Rolle soll an einen „Tuluq" erinnern, eine länglich-runde Steinwalze, die früher als Dreschgerät diente und von einem Esel über die Tenne gezogen wurde. Dieser schwere Aufbau soll das Grab vor hungrigen wilden Tieren schützen.

Das Oytagh-Tal ist neben dem Karakul-See, den wir im letzten Jahr besucht hatten, eines der beliebtesten Ausflugsziele dieser Region. Der kleine Karakul-See liegt auf einer Höhe von über 3600 Meter. Es wächst dort nichts außer ein wenig Gras am Uferrand, und dennoch ist er ein Juwel und eines der imposantesten Postkartenmotive Xinjiangs: Einer der höchsten Berge Chinas, der Muztagh Ata, der „Vater der Eisberge", spiegelt sich mit seinen 7509 Metern und dem mächtigen schneeweißen Gipfel im glasklaren, türkisblauen Wasser. Das hatte er zwar nicht getan, als wir dort waren, denn an dem Tag war alles grau, wolkig und bitter-bitterkalt gewesen, und dennoch sehr eindrucksvoll und schön.

Auch bei unserem diesjährigen Ausflug ist das Wetter alles andere als postkartenmäßig, sondern kühl und trübe. Auf halbem Wege nach Tashkurgan, einer sehr alten Stadt auf der Seidenstraße nahe der pakistanischen Grenze, biegen wir vom Karakorum-Highway ab auf eine schmale Landstraße, die durch rote Berge führt. Wie müssen diese Berge wohl bei Sonnenschein und blauem Himmel leuchten! Aber auch so ist es eine beeindruckende Landschaft. Die Berge werden höher, im Tal ein steiniges Flussbett, hier und da ein winziges Dorf, weidende Schafe und eine Gruppe von Bauern, die mit ihren Sicheln vom Feld kommen, einige lichte Pappelhaine und eine Kamelherde am anderen Flussufer – es ist dies eine stille, abgeschiedene Welt, fernab von Fortschritt, Wohlstand und Konsumgesellschaft.

Dann ein Schlagbaum: Bezahlen! Pässe kontrollieren! Hier beginnt ein kostenpflichtiger Naturpark. Auf der Eintrittskarte, die wir mit gestrenger Miene ausgehändigt bekommen, sind der Karakul-See und der Muztagh Ata abgebildet. Dahin wollen wir heute gar nicht und die Straße führt auch in eine ganz andere Richtung, aber die Karte sieht sehr hübsch aus und Ahmedjan wird schon wissen, was er tut. Schließlich endet die Autostraße bei einem großen Parkplatz und einer Polizeistation, auch ein paar Touristen-Jurten gibt es hier und jemanden, der uns erklärt, dass man entweder eine halbe Stunde zu Fuß den steilen Hang zu einer Aussichtsstelle hinaufkraxeln, ein Motorrad mieten oder reiten kann. Da die Wolken gerade aufreißen und ein kleines Stück eines hohen schneebedeckten Berges am Ende des Tals frei geben, möchten die beiden Fotografen am liebsten ganz schnell nach oben, ehe wieder alles im grimmig-grauen Himmel verschwimmt. Das einzige Pferd ergreift allerdings just in diesem Augenblick erschrocken die Flucht, und die Esel haben offenbar ihren freien Tag. Nur ein paar Motorräder und ihre Fahrer stehen bereit. Also, nicht lange überlegen und aufsteigen! Ich weiß gar nicht, wie man das macht. Wie krieg ich mein Bein rüber und wo halte ich mich fest? Oh, da fahren wir ja schon … Irgendwie habe ich schließlich hinten am Sattel einen Haltegriff gefunden, die Knie ganz fest um den Fahrer geklemmt. Auf geht's mit Gebrumm, über Holper und Buckel, um Kurven, rauf und wieder runter (im Leerlauf!), über Spalten im Pflaster – hops – schon wieder im Sattel gelandet, und das alles ohne irgendwelchen Schutz. Ob die guten Männer schon einmal etwas von einem Sturzhelm gehört haben? Ich nehme an, solche Vorsichtsmaßnahmen hält man hier für unnötig, denn es geht ja immer alles gut.

Zwar haben sich die Wolken wieder zugezogen, doch ein bisschen von dem hohen Schneeberg ist noch zu sehen. Leider kann uns niemand sagen, wie dieser Berg heißt und wie hoch er ist. Für die Menschen hier ist das unwichtig. Er war schon immer da. Der Gletscher aber, der auch schon immer da war, schmilzt langsam weg, in den letzten zehn Jahren um rund fünfzig Meter. Man kann es an den Felswänden erkennen. Außerdem ist er so schwarz vom Schmutz der vergangenen Jahrhunderte, dass man kaum glauben kann, dass er aus Eis besteht. Die ganze wilde Berglandschaft jenseits unseres Aussichtspunkts ist grau und öde und groß. So unglaublich groß, dass ein Mensch in ihr winzig wirkt wie ein Kieselsteinchen: Maria wagt sich ein Stück hinaus auf einen Pfad, der ins Nichts führt, und verschwindet im unendlichen, bedrohlichen Felsengewirr.

Zum Glück taucht sie nach kurzer Zeit wieder auf aus dieser ergreifenden Bedrohlichkeit und wir beschließen, uns die vermutlich noch rasantere Rückfahrt bergab im Leerlauf zu ersparen, und lassen unsere Motorrad-Chauffeure allein ins Tal brausen und schlendern stattdessen lieber gemächlich über einen kleinen Pfad durch Wiesen und Buschwerk zurück.

Das Gebiet westlich von Kashgar gehört zum Kirgisischen Autonomen Bezirk. Nun ist es aber so, dass die Menschen, die im Oytagh-Tal zu Hause sind, gar keine Kirgisen sind, sondern einem alten Turkvolk angehören, das vor langer Zeit die uigurische Kultur angenommen hat. Da es in China aber nur sechsundfünfzig anerkannte Nationalitäten gibt, nämlich die Han-Chinesen und fünfundfünfzig ethnische Minderheiten[5], und da man nicht einfach noch eine weitere hinzufügen kann, hat die Regierung entschieden, dass sie zu den Kirgisen gezählt werden. Jetzt sind sie also Kirgisen, die Uigurisch sprechen und denen die kirgisische Kultur fremd ist. In der Werbung wird den Touristen trotzdem versprochen, dass sie hier das traditionelle Leben des kirgisischen Volkes kennenlernen können. Auch Jamal hatte für uns eine Nacht in einer Jurte eingeplant. Leider war dies keine echte Jurte aus Filz, mit einem Ofen in

---

5   In Wirklichkeit gibt es mehr als 200 verschiedene Volksgruppen, aber nicht alle sind als Minderheiten anerkannt.

der Mitte, sondern eine billig „made in China" hergestellte, in die es tagsüber eingeregnet hatte. An verschiedenen Stellen stand Wasser, die Matratzen und Decken waren klamm geworden. Zu dieser Jahreszeit wird es hier oben in den Bergen, immerhin gut 2800 Meter hoch und nahe am Gletscher, nachts sehr kalt. Dazu die feuchte Luft und Nieselregen, das versprach nicht sehr gemütlich zu werden.

Wir könnten ja im Haus zwei Zimmer bekommen, schlug die junge Frau vor, die auf glitzernden Stöckelschuhen über Stock und Stein klapperte und unsere klammen Betten vorbereiteten wollte. Eine gute Idee. Wir verhandelten lange, welche Zimmer wir haben dürften und wer wo schläft, trugen unsere Rucksäcke hierhin und dorthin, bis am Ende alle zufrieden waren. Sogar eine richtige Toilette hatte sich angefunden. Keine nasskalte Jurte mehr. Keine Gefahr, mit Rheumabeschwerden nach Hause zu fahren, und ein warmes Bett für Christiaan, der schon bedenklich zu husten anfing.

Wir waren also sehr zufrieden mit unserem Handel. Und da es noch früh war, machten wir eine kleine Wanderung den Berghang hinauf, wo ein verlassenes Dorf zu sehen war. Vielleicht wohnt noch ab und zu jemand in den Feldsteinhütten, denn manche Türen waren mit einem Vorhängeschloss gesichert. Manche waren aber nicht viel mehr als Steinhaufen. Yaks grasten in der Nähe, staunten uns an und vertieften sich dann wieder in ihre mühsame Lebensaufgabe, nämlich das sehr kurze, harte Gras und ein paar trockene Kräuter zupfen. Es war schön hier oben: frische, saubere Luft, etwas kühl und feucht, aber wir hatten ja all unsere warme Kleidung an, die wir auf diese Reise in eine heiße Wüstenregion überhaupt eingepackt hatten. Ein beeindruckender Blick rundum auf hohe Berge, auch der schneebedeckte Berg ohne Namen zeigte sich für einen Augenblick ohne Wolken. Yaks, Kräuterduft und Stille.

Als wir von unserer Bergtour zurückkamen und es uns zu einem Nan-Brot-mit-Melone-Abendessen gemütlich machen wollten, war eine deutsche Reisegruppe eingetroffen. Sie wollte uns unsere hart erkämpften Zimmer wieder streitig machen, weil sie das komplette Haus schon vor langer Zeit gebucht hatte. Also doch die nasse Jurte oder …? Weiterverhandeln? Der Haus- und Jurteneigentümer wollte gern weiterverhandeln, der deutsche Reiseleiter nicht: „Wir haben aber schon …" „Oder wir fahren zurück!", war schließlich Ahmedjans Vorschlag. Der Arme! Obwohl er nicht das Geringste für undichte Jurtenwände und feuchte Matratzen konnte, fühlte er sich für das Chaos verantwortlich. „Sie haben doch eine Jurte gebucht!", wollte jemand immer weiterargumentieren, aber Christiaan hatte sich schon längst aus der Diskussionsrunde zurückgezogen und eine eindeutige Position ergriffen: „Fahren wir jetzt endlich?!" Wir räumten also Rucksäcke, Brot und Melone wieder ins Auto und machten uns auf den Heimweg. Picknick können wir irgendwo unterwegs machen und in zweieinhalb oder drei Stunden sind wir wieder in Kashgar. Freie Zimmer in unserem Hotel? Kein Problem! Es gibt ja Handys.

Es gab auch eine großartige Berglandschaft und sicherlich viele traumhafte Picknickplätze, aber es hatte inzwischen angefangen, in Strömen zu regnen. „Nachher am Fluss bei den roten Bergen, wo es nicht mehr so hoch ist, da regnet es nicht!" Okay, wenn Ahmedjan so genau weiß, wo es regnet und wo nicht, dann bezwingen wir unseren Hunger noch ein Weilchen und lassen ihn weiterfahren.

Das Schöne an dieser Dämmerstunde war, dass alle Schäfer ihre Herden nach Hause trieben. Trotz des schlechten Wetters oder vielleicht auch gerade deshalb war das ein wunderbares, stimmungsvolles Bild. Ein Bild voller Wärme und Frieden eines ursprünglichen, erdverbundenen Bauernlebens, das vermutlich in Wirklichkeit gar nicht so idyllisch war, wie es aussah. Aber dennoch fand ich es irgendwie beruhigend zu sehen, dass es noch Menschen gab, die so leben: in und mit der Natur.

Dank sei der Reisegruppe, dass wir am Ende keines der wenig gemütlichen Zimmer bekamen, sondern stattdessen vielen glücklichen Schafen begegneten, mit der Aussicht auf eine komfortable, warme Nacht in einem Hotelbett, und schließlich doch noch den idealen Picknickplatz fanden. Unser Abendessen am Ufer des Flusses, in der stillen Abenddämmerung und ohne Regen (!) wurde für mich eine der köstlichsten Mahlzeiten überhaupt und mit Sicherheit die unvergesslichste. Es gab ein paar Stücke Nan-Brot, zuckersüße orangefarbene Melone und Wasser. So wie die Bauern essen, einfach und gesund. „Werft nicht die Schale in den Fluss!", mahnte Ahmedjan. „Hier kommen manchmal Schafe vorbei und die fressen sie gern."

Sonntagsmarkt

Zum Glück waren wir schon in Kashgar und konnten uns gleich am Sonntagmorgen auf den Weg zum Viehmarkt machen. Der Sonntagsmarkt von Kashgar, der größte Viehmarkt in ganz Zentralasien, ist weltweit und seit Jahrhunderten bekannt und eine Attraktion für alle Touristen, die es in diese Gegend verschlägt. Viele kleine und größere Städte halten einmal in der Woche Viehmärkte ab, aber der von Kashgar ist der wichtigste von allen. Die Bauern kommen aus allen umliegenden, sogar aus weiter entfernten Dörfern, um Vieh zu kaufen oder zu verkaufen. Auch Futter gibt es hier und alles, was irgendwie mit Tieren in Verbindung steht; auch Schlachter und Kebab-Grillstände. Etwas abseits findet man Obst und Gemüse, Hufschmiede und andere Handwerker, Schilfstrohmatten, die für den Bau von Lehmhäusern oder als Teppichunterlage benutzt werden, oder Viehtransporter, Karren und Zaumzeug, oder vielleicht noch andere Dinge, die wir nicht gesehen haben.

Schafe und Rinder werden auf Anhängern, Pick-ups oder Lastwagen herangekarrt, eine nicht enden wollende Schlange. Es wird gehupt, gedrängt und weitergeschlängelt; einige Leute wollen schon zurück in die andere Richtung; hier und da stehen Männer am Wegrand und verhandeln, diskutieren, bezahlen. Ein Ordnungshüter hält den Strom von Mensch und Tier auf, denn hier dürfen keine Geschäfte gemacht werden! Ein paar Meter weiter machen sie es doch, denn der Ordnungshüter ist schon weitergefahren. Muh und mäh, iaah! Wieder Stau. Auf einem anderen Teil des Sonntagsmarktes werden nämlich Autos und Baufahrzeuge gehandelt und eines der riesigen Gefährte hat offensichtlich Mühe, durch das Menschen-Vieh-Karren-Gewirr voranzukommen. Niemand wird nervös. Uigurische Bauern sind geduldig, hupen und warten einfach, bis es weitergeht.

Nur mit einer Kamera beladen, ohne Schaf und Kuh, ist es für uns leichter, einen Weg zu finden und bald erreichen wir den eigentlichen Viehmarkt, wo ebenfalls schon dichtes Gedränge herrscht. Lange Schafreihen warten auf ihren Verkauf. Manche von ihnen sind ziemlich mager, andere groß und dick, einige haben ein komisch fettes Hinterteil, den Fettschwanz – das sind die Mäkit- oder Dickschwanzschafe, eine besonders teure Rasse, denn Lammpopofett ist gesund und sehr begehrt. Manche Händler haben viele Tiere, manche nur ganz wenige oder nur ein einziges. Wie hier gehandelt wird, ist mir ein Rätsel, aber es kommt laufend zu Geschäften, denn überall sieht man jemanden ein Bündel Geldscheine zählen, immer umringt von einer Gruppe anderer Männer, die alles genau mitverfolgen. Das Ganze hier scheint nicht nur Handelsmarkt zu sein, sondern auch ein gesellschaftliches Ereignis, ein allgemeiner Treffpunkt und eine Gelegenheit, unter Menschen zu sein, ein Schwätzchen zu halten, zu gucken, Neuigkeiten zu erfahren, etwas zu erleben.

Auf einer Art Rennstrecke am Rande des Geländes galoppieren einige Reiter durch gewaltige Staubwolken und Esel ziehen zur Probe einen Karren, so wie man bei uns eine Probefahrt macht, ehe man sich zum Kauf eines Autos entscheidet.

Was tut man nicht alles, um gute Fotos zu bekommen! Sogar auf einen zweistöckigen Vieh-Laster klettern, von dem aus wir das ganze weite Areal überblicken können: dicht gedrängt die Käufer und Verkäufer, Schafe, Kühe, Ziegen, Hunde, Esel und Pferde. Auch ein paar Katzen haben wir gesehen und eine Taube. Kamele wurden zu dieser Jahreszeit nicht gehandelt, weil es für sie zu warm war. Tatsächlich war es nun endlich so warm und sonnig geworden, wie wir es bei einer Reise in diese Weltregion erwartet hatten. Vergessen sind nasskalte Jurten und Regenjacken! Aber leider hatte sich Christiaan trotzdem eine Erkältung zugezogen und es standen ihm einige schwere Tage bevor.

Wir durchstreiften alle Teile des Marktes. Nuri und ich schwelgten geradezu in Fotomotiven, denn nicht nur für mich, sondern auch für ihn war das hier ein Paradies. Die Männer in ihren langen grauen oder schwarzen Mänteln, eine Doppa auf dem Kopf, viele mit langem Bart, schienen auch für einen einheimischen Großstadtmenschen einer anderen Welt anzugehören, einer anderen Zeit.

Später besuchten wir noch den anderen Teil des Sonntagsmarktes, den Basar, wo es Kleidung, Teppiche, Decken und Stoffe, Lebensmittel, Kräuter und Gewürze, getrocknete Schlangen und ähnliche Heilmittel, Schmuck, Plastikblumen, Bücher und Kunsthandwerk, eben einfach alles zu kaufen gibt. Früher hatten sich beide Märkte zusammen an einem Ort befunden, aber seit einigen Jahren ist der Viehmarkt zu groß und die Stadt zu eng geworden.

Christiaan suchte ein bestimmtes Geschäft, in dem wir vor einem Jahr besonders guten Tee mit Rosenblättern und Safran gekauft hatten, wie man ihn hier gern trinkt. Nach langem Suchen fanden wir den Laden, doch es war niemand da. Andere Händler verkauften auch Tee, der ebenso aussah, aber Ahmedjan war der Ansicht, dass man nicht irgendeinem Gewürzhändler trauen dürfe, wo er doch einen kennt, der auf jeden Fall ehrlich ist. Also fuhren wir wieder in die Altstadt, liefen durch viele Straßen, bis wir den richtigen Laden gefunden hatten. Der gute Mann hatte auch tatsächlich Tee und Rosenblätter und Safran und ganz viele andere Blüten und Kräuter, die in großen Kisten in der Sonne standen. Die richtige Mischung hatte er allerdings nicht und kannte sie auch gar nicht. Aber das macht ja nichts, entschied Ahmedjan. Es ist alles da und wir mischen es einfach selbst! Also, eine Packung schwarzen Tee – nein, nicht diese Sorte, diese ist besser, ein Kilo? Eine Schaufel Rosenblätter, eine Handvoll Safran, alles in eine große Waschschüssel schütten und umrühren. „Diese Blüten sind auch gut!" Ich konnte gerade noch daran schnuppern und fand ihren Duft zwar sehr angenehm, so ähnlich wie auf der Yak-Wiese in den Oytagh-Bergen, aber er hatte nicht das Geringste mit unserem Tee vom letzten Jahr zu tun. Okay, dann nicht. Doch im Nu hatte der gute Mann schon etwas anderes geschaufelt und in die Schüssel geschüttet. Was? Keine Ahnung. Es war gelb und passte farblich recht gut in unsere Mischung, aber geschmacklich? Im Grunde war das nun auch egal, denn es entstand sowieso eine neue Kreation. Ahmedjan und sein Teehändlerfreund füllten mit Engelsgeduld die ganze große Menge in kleine Beutel ab. Dann verabschiedeten wir uns und zogen mit einem Sack voller bunter Tee-Tütchen davon. Zumindest hatten wir nun keine Mitbringselsorgen mehr.

Zum Abendessen hatte uns Salimjan im Namen seines Bruders, unseres Reiseveranstalters, in ein Hui-Restaurant eingeladen. Die Hui sind auch eine muslimische Minderheit, aber sie sprechen Chinesisch und sind den Chinesen auch in ihrem Aussehen ähnlich. Das Verhältnis zwischen Uiguren und Hui ist nicht sehr freundschaftlich. Sie besuchen nicht einmal die gleichen Moscheen, denn die Hui lesen den Koran mit chinesischem Akzent, was den Uiguren unerträglich ist. Außerdem sind ihre Beziehungen seit einem Vorfall während der Guomindang-Zeit gestört: Damals hatten sie gemeinsam gegen die Regierung kämpfen wollen, wären zusammen auch stark genug gewesen, aber aufgrund irgendwelcher nichtiger Zwistigkeiten hatten am Ende weder die einen noch die anderen etwas erreichen können.

Die Hui-Küche ist trotzdem auch bei Uiguren sehr beliebt. Sie ähnelt der chinesischen, ist aber viel schärfer gewürzt. Sogar Christiaan musste bei manchen Gerichten passen. Auch sitzt man nicht auf Kissen an niedrigen Tischen, sondern wie in einem chinesischen Restaurant an einem runden Tisch mit „Lazy Susan"[6]. Das Besondere hier war, dass man alkoholische

6   runde Drehplatte auf dem Esstisch

Getränke mitbringen durfte. Salimjan hatte eine Flasche roten Xinjiang-Wein dabei und bei jedem Schluck stießen wir alle mit einem fröhlichen „Hoshä!" an, auch Ahmedjan mit einem Tee-Becher. In China gilt nämlich beim Autofahren die Null-Promille-Grenze und Ahmedjan ist ein vorbildlicher und verantwortungsvoller Autofahrer.

Hier kurz ein Wort in Sachen Sprache. Ahmedjan, Imirjan, Kurbanjan: In der Region Kashgar ist es eine alte Tradition, dass viele männliche Vornamen auf „jan" (= Seele) und viele weibliche auf „gül" (= Blume) enden. In anderen Gegenden bevorzugt man dagegen andere, aber ebenso bedeutungsvolle Nachsilben. Zum Thema Namen und Sprache gibt es aber noch mehr zu sagen: Xinjiang ist ein zweisprachiges Land. Fast alle Informationen sind auf Chinesisch und Uigurisch verfügbar. Fast alle Uiguren sprechen beide Sprachen, fast kein Chinese spricht Uigurisch. Auf dem Lande kommt man noch immer recht gut ohne Chinesisch zurecht, aber alle Kinder lernen es in der Schule. Zwar findet man in kleineren Städten noch einige uigurische Grundschulen, aber viele wurden bereits abgeschafft, weil sich dafür angeblich nicht genügend Schüler fanden. Ansonsten haben die Eltern die Wahl, ihr Kind auf eine rein chinesische oder eine zweisprachige Schule zu schicken. Aber auch an diesen zweisprachigen Schulen wird vorwiegend von der ersten Klasse an auf Chinesisch unterrichtet, nur uigurische Literatur darf auf Uigurisch gelehrt werden. Die Kinder lernen allerdings mehr über chinesische Literatur und Geschichte als über die uigurische Vergangenheit und Kultur. Nicht mehr die legendären uigurischen Helden werden verehrt, sondern die Helden des Kommunismus. Die alten Geschichten, die Wurzeln des Volkes gehen mit der Zeit verloren, wenn sie nicht in den Familien weitergegeben werden. In den anderen Schulfächern und selbst außerhalb des Unterrichts müssen uigurische Lehrer mit ihren uigurischen Schülern Chinesisch sprechen, auch wenn diese es kaum verstehen und weder von den guten Ratschlägen ihres Lehrers noch vom Lehrstoff viel mitbekommen. Das war nicht immer so. Erst in den letzten Jahren ist China offenbar mehr und mehr bemüht, die uigurische Sprache in den Hintergrund zu drängen. Ziel ist es, die jungen Menschen über die Sprache auch kulturell besser zu assimilieren. Das natürliche Anders-Sein, der Stolz auf eine eigene Kultur und Herkunft sollen verblassen. Schon jetzt unterhält sich Nuris sechsjährige Tochter mit ihrer kleinen Freundin in einem virtuosen uigurisch-chinesischen Sprachgemisch.

Wer einen Beruf erlernen oder in der Stadt arbeiten will, muss auf jeden Fall Chinesisch sprechen und verstehen und wer ein Hochschulstudium anstrebt, hat vor dem eigentlichen Fachstudium einen ganzjährigen Kurs in chinesischer Sprache und Landeskunde zu absolvieren.

Das Schüler- und Lehrer-Sein ist für Uiguren in vieler Hinsicht nicht einfach. Auch Lehrer können an dem Sprachproblem scheitern, zum Beispiel weil ihnen muttersprachige Lehrer aus Zentralchina vorgezogen werden und sie keine Anstellung finden oder „aufs Abstellgleis" geschoben werden. Außerdem müssen sie an vielen Wochenenden und während der Ferien an politischen Schulungen teilnehmen, so dass ihnen kaum noch Freizeit bleibt. Nuri hat auf unserer Reise in mehreren Städten frühere Studienfreunde getroffen und sie alle warten sehnlichst auf die Rente. Lehrer-Sein macht keinen Spaß mehr, sagen sie. Sie dürfen nicht lehren, was sie möchten, nicht sprechen, wie sie möchten, und selbst ihre Ferien nicht verbringen, wie sie möchten.

Eine Besonderheit der chinesischen Sprache ist, dass sie aus Silben besteht und keine einzelnen Buchstaben kennt. Daher ist es so gut wie unmöglich, eine fremde Sprache klanggenau wiederzugeben. Man muss alle Laute in die vorhandenen Silben zwängen und so wird zum Beispiel aus MacDonald Mai dang lao und aus Coca Cola Kekou kele, das klingt dann zumindest ähnlich. Urumchi heißt auf Chinesisch Wulumuchi, Turpan Tulufan und Keriya Yutian.

Dies ist eine Eigenheit der chinesischen Sprache, die man akzeptieren muss. Sie kann sich nicht anpassen, sondern nur Fremdes in sich hineinzwängen, vereinnahmen. Etwas heikel finde ich allerdings, dass auch die Namen von Personen angepasst werden, so als wolle man ihnen ihre Identität nehmen. Da sich die Uiguren das nicht ohne weiteres gefallen lassen, besitzt jeder zwei Namen, einen uigurischen, den er normalerweise benutzt, und einen offiziellen chinesischen, der im Ausweis steht und der bei allen öffentlichen Anlässen gilt. Aber nicht nur, dass zum Beispiel aus Imirjan Muhämmät Yimingjiang Muhamumaiti wird und aus Nur Bäkri Nuer Baikeli, sondern auch noch dies: Bei den Chinesen ist es üblich, dass der Familienname vor dem Rufnamen steht. Bei den Uiguren kommt dagegen zuerst der Rufname und dann der Name des Vaters. Die meisten Familien haben keinen Familiennamen, der sich über die Generationen vererbt, sondern der Vorname des Vaters wird der Nachname seiner Kinder. Da der Vorname aber vorn steht, muss es nach chinesischem Verständnis sein Nachname sein, im Pass folglich unter „Surname" stehen. Hier in Deutschland besitzt ein Uigure daher die stattliche Anzahl von vier Namen: Er selbst nennt sich normalerweise nur mit dem Vornamen, also zum Beispiel Imirjan. Für Fremde ist er, wenn sein Vater Muhämmät heißt, entweder Herr Muhämmät oder Herr Muhamumaiti, und für die Ausländerbehörde, die seinen Pass vorliegen hat, Herr Yimingjiang.

Noch eine weitere Kuriosität zum Thema Sprache: Irgendwann vor langer Zeit, als der Islam nach Xinjiang kam, hatte man begonnen, statt der alt-uigurischen Schrift die Buchstaben der Koransprache, eines persisch-arabischen Alphabets, zu übernehmen. Ende der 1960er Jahre befand die chinesische Regierung dann jedoch, dass es besser sei, in lateinischen Buchstaben zu schreiben. Also lernten alle uigurischen Kinder in lateinischen Buchstaben zu schreiben, von links nach rechts und nicht mehr von rechts nach links, bis 1987 beschlossen wurde, das alte Alphabet wieder zuzulassen. So kann es passieren, dass Großeltern lesen können, was ihre Enkel schreiben, aber nicht, was ihre Kinder schreiben, und diejenigen, die zwischen 1969 und 1987 in der Schule waren, können nicht lesen, was ihre Eltern und Kinder schreiben. In den letzten Jahren wird nun wieder vermehrt auf lateinische Buchstaben zurückgegriffen, weil sie im Computerwesen leichter zu handhaben sind als die arabischen.

Man sieht, die Uiguren haben gelernt, mit Chaos umzugehen und flexibel zu sein.

Auf dem Weg nach Westen

Zeit zum Aufbruch. Am Montagmorgen verlassen wir Kashgar und beginnen unsere lange und interessante Reise um die Wüste Taklamakan. Interessant wird es gleich zu Beginn, denn alle Autos, die aus Kashgar kommen oder nach Kashgar fahren, müssen registriert werden. Folglich gibt es Stau auf der Ausfallstraße. Mit Hupen geht es eigentlich auch nicht schneller, mit Spurenwechsel auch nicht, aber trotzdem wird eifrig gehupt und gewechselt. Wenn man dann endlich an der Reihe ist, werden mit Sorgfalt und strengem Blick alle Pässe und Fahrzeugpapiere kontrolliert, ebenso Ahmedjans Lizenz als Touristenfahrer. Dann erhalten wir die Erlaubnis weiterzufahren. Übrigens gelten für Reisefahrzeuge spezielle Regeln: Sie dürfen nie schneller als 80 km/h fahren, auch nicht auf der Autobahn. Sie sind über GPS mit einer Zentrale verbunden, so dass, sobald diese Geschwindigkeitsgrenze überschritten wird, ein kleines Gerät zu piepen anfängt. Wenn man dann nicht umgehend sein Tempo reduziert, meldet sich eine mahnende Stimme, doch das haben wir nie erlebt, weil Ahmedjan ein braver Fahrer ist. Bis auf manchmal. Ab und zu, wenn mir so war, als kämen wir ungewöhnlich schnell voran, dann lugte ich über seine Schulter nach vorn und sah auf dem Tacho 110 km/h stehen. „Wieso darf er jetzt so schnell fahren?", fragte ich. „Wahrscheinlich machen die in der Zentrale gerade Mittagspause und merken es nicht." Lieber Nuri, ich habe genau gesehen, dass er vorhin irgendetwas an dem kleinen schwarzen Gerät gemacht hat. Kann man das GPS ausschalten? Keine Antwort ist auch eine Antwort.

Die Stadt Kashgar ist in den letzten Jahren groß geworden und breitet sich immer weiter aus. Viel Land wurde billig an Investoren verkauft. Han-Chinesen kamen und kommen, um Fabriken zu bauen oder in ihnen zu arbeiten. Einheimische

Bauern, die nun kein Land mehr haben, und einfache Leute, die sich die teuren Neubauwohnungen nicht leisten können, gehen als Wanderarbeiter nach Zentralchina. Das ist nur recht so, findet die chinesische Regierung, denn dort sind sie leichter zu integrieren.

„Das hier war alles einmal Sumpflandschaft. Seht ihr noch das Schilf dort am Rand?" Nuri und Ahmedjan, der schon seit Jahren Reisende durch sein Land fährt, erklären uns vieles. Durch den Bau von Straßen und Fabriken trocknet das Land aus. Wo es noch genügend Wasser gibt, werden Baumwollfelder angelegt, und um ein Kilo Baumwolle zu erzeugen, braucht man 10 000 bis 17 000 Liter Wasser[7]. Das macht das Land kaputt. Aber es bringt Geld, jedenfalls solange es Wasser gibt. An einem künstlichen Stausee sehen wir eine Reihe knallbunter Plastikbäume stehen: rot, grün und blau – die neuen Herbstfarben? Oder vielleicht eine Option für die Zukunft?

„Es gibt jetzt viel weniger Bienen als früher." Das ist nicht nur in China so, das ist ein weltweites Problem und überall machen sich Wissenschaftler Sorgen deswegen. Hier weiß man schon, wie damit umzugehen ist: Im Frühling, wenn es Zeit ist, die Blüten zu bestäuben, werden alle Schüler für eine Woche aufs Land geschickt und übernehmen mit einem kleinen Pinsel in der Hand die Arbeit der Bienen.

In der Nähe der kleineren Städte und Dörfer gibt es Landwirtschaft, sonst nur gelegentlich etwas grünes Brachland und viel Gobi-Wüste. Das mongolische Wort „Gobi" (ebenso wie das uigurische „Sai") bezeichnet die flache Wüste aus kleinen Steinchen, mit ein wenig Erde vermischt, wo noch einige wenige Pflanzen überleben, weil ihre Wurzeln bis zu vierzehn Meter lang werden können. Wenn es einmal regnet, was nicht oft, aber gelegentlich vorkommt, dann grünt diese Wüste für kurze Zeit. In der Sandwüste ist das nicht möglich. Dort kann nichts

---

7   http://www.oeko-fair.de/index.php/cat/798/title/Wasserverbrauch

wachsen, Pflanzen finden weder Halt noch Nährstoffe, aber rund um die Taklamakan herum verläuft ein Streifen Gobi-Wüste. Mit der Bezeichnung „Gobi-Wüste" kann aber auch einerseits der gesamte wüstenhafte Bereich Zentralasiens, vom Pamir bis zur Mandschurei, Wüsten und Halbwüsten, Geröll- und Sandwüsten eingeschlossen[8], gemeint sein oder nach einer anderen Definition auch nur die Steppengebiete im Süden der Mongolei und im Norden der Inneren Mongolei – ein vieldeutiger Begriff also.

Die Landstraße, die wir von Kashgar aus nehmen, folgt etwa der Südroute der früheren Seidenstraße. Die Bezeichnung „Seidenstraße" gibt es übrigens erst, seitdem der deutsche Geograf Ferdinand von Richthofen sie im 19. Jahrhundert prägte. Doch Handelsrouten zwischen China und Europa kannte man schon vor sehr langer Zeit, mindestens seit Beginn der Bronzezeit. Älteste Berichte über ihren Verlauf stammen von Herodot, der um 430 v. Chr. die Route zwischen der späteren Kaiserstadt Chang'an (Xi'an) und dem Mittelmeer detailliert beschrieben hat, obwohl er selbst nie dort gewesen war. In China schätzte man Gold und andere Metalle, Elfenbein, Koralle, Amber, Textilien und Glas aus dem Westen[9], im Westen waren dagegen neben der Seide auch Keramik, Pelze, Lack und Gewürze begehrt. China erfuhr über die Seidenstraße von bislang unbekannten Religionen, im Westen lernte man, wie Papier, Schießpulver und Nudeln hergestellt werden.

All die vielen Jahrhunderte hindurch schleppten Kamelkarawanen ihre Waren im Norden und Süden um die Wüste Takla-makan herum. Erst während der Ming-Dynastie und vor allem, als die großen Seewege entdeckt wurden und neue Märkte in Südostasien entstanden, verlor die Seidenstraße allmählich an Bedeutung.

---

8   http://de.wikipedia.org/wiki/Gobi

9   http://www.smb.museum/smb/media/collection/12904/turfanexpedition.pdf

Unsere heutige Straße führt durch das kleine Städtchen Yengisar, in dem es allem Anschein nach nichts anderes gibt als eine Messerschmiede neben der anderen. Das wird sicher nicht ganz richtig sein, aber auf jeden Fall bestimmen sie das Bild des Ortes. Yengisar ist nämlich berühmt, weil hier schon seit 400 Jahren Messer und Dolche hergestellt werden.

Die Uiguren besitzen eine lange Tradition in der Messerherstellung. Messer brauchte man früher nicht nur zum Überleben, sondern auch für rituelle Handlungen und traditionelle Bräuche. Einem neugeborenen Jungen pflegte man zum Beispiel einen Dolch unter das Kopfkissen zu legen, damit er Kraft und Mut bekam. Die Yengisar-Messer haben eine gebogene Klinge mit feinen Gravuren und einen Griff aus Holz, Horn, Silber, Kupfer oder Kamelknochen. Manchmal hat er die Form der Schwanzfeder eines Phönixes, manchmal ist er mit Ziselierungen und bunten Einlegearbeiten verziert. Jedes Messer wird von Hand mit einfachen Werkzeugen hergestellt, die über Generationen vom Vater auf den Sohn weitervererbt wurden.[10]

Eine der Schmieden besuchen wir und eines der Messer kauft sich Christiaan. Es ist wirklich sehr schön, zierlich und ausdrucksvoll, und es wird seine Sammlung um eine ganz neue, eigenwillige Form ergänzen.

Als wir die Schmiede verlassen, wird gerade neben der Tür ein Steckbrief angeheftet: Ein junger Mann wird gesucht. Er stammt aus dieser Stadt und soll einer der sechs Männer sein, die vor einigen Wochen für die blutigen Unruhen in Kashgar verantwortlich gewesen waren. Seitdem ist er verschwunden. Da er selbst bisher nicht zu fassen war, sitzen nun seine Eltern im Gefängnis. Und als sein Bruder kam, um zu fragen, weswegen man seine Eltern inhaftiert hat, wurde er gleich mit eingesperrt. Zwei andere Verdächtige, erzählt uns ein Mann, habe

---

10   http://www.chinacrafts.org/de/Chinese_handicrafts_category/html/
      10142.html

man in einem Maisfeld, wo sie sich tagelang versteckt gehalten hatten, aufgestöbert und erschossen.

Ein wenig bedrückt fahren wir weiter. Die Straße ist holperig, manchmal auch so kaputt, dass wir uns einen noch holperigen, staubigen Umweg suchen oder jemanden finden müssen, der weiß, wie man wieder auf die richtige Straße zurückkommt. Außerdem gibt es immer wieder Passkontrollen. Ich weiß nicht, wie viele Male wir anhalten und unsere Pässe aus den Taschen kramen müssen. Außerdem hängen in regelmäßigen Abständen Videokameras zur Geschwindigkeitskontrolle über der Straße und jedes Mal, wenn ein Kontrollposten oder eine Kamera in Sichtweite kommt, haben es unsere beiden Begleiter vor uns plötzlich ganz eilig, ihre Sicherheitsgurte anzulegen.

Zu sehen gibt es nicht viel in dieser grau-steinigen Ödnis. Die schneebedeckten Kunlun-Berge liegen im Süden in Dunst und Staub gehüllt und sind kaum zu erahnen. An einer Stelle halten wir aber doch an, denn links, unterhalb der Straße liegt ein Tal mit einem Fluss, mit Bäumen und einer alten Wassermühle. Nuri und ich klettern die Böschung hinab, ziehen Schuhe und Strümpfe aus und waten durch einen Bach, weil die einzige Brücke ziemlich weit ist. Vorsichtig über stacheliges Pflanzenzeug oder samtweichen Schlamm glitschen wir immer weiter, schauen uns die seltsame Landschaft mitten in der Wüste an und fotografieren in alle Richtungen. So richtig funktionieren kann die Wassermühle wohl nicht. Es sieht alles recht verlassen aus, aber einige Leute müssen doch in der Nähe leben, denn wir werden aus der Ferne beobachtet. Ahmedjan fuchtelt wild mit den Armen und ruft uns von der fernen Straße her etwas zu, aber wie soll man das verstehen? Später begreifen wir, was er sagen will, nämlich dass er, der Fürsorgliche, unsere Schuhe eingesammelt und zum Auto getragen hat. Nun müssen wir also barfuß über Steine und Stacheln den Hang heraufkrabbeln, während er uns von oben mit unseren Schuhen in der Hand glücklich entgegenwinkt.

Yarkent

Unser Ziel für diese Nacht war Yarkent. Die Oase Yarkent, die ihre Fruchtbarkeit dem gleichnamigen Fluss aus dem Kunlun-Gebirge verdankt, hat eine lange Geschichte. Schon seit dem 2. Jahrhundert v. Chr. kannten die Chinesen Yarkent als das Königreich von Shache. Von der Hauptstadt des einst mächtigen Königreiches ist heute nichts übriggeblieben. Während der Kulturrevolution wurden fast alle noch erhaltenen alten Gebäude zerstört, nur die Altun-Moschee mit einem großen muslimischen Friedhof und das Mausoleum der Amannisa Khan (1526-60), Gemahlin des zweiten Herrschers des Yarkent-Khanats, stehen noch. Amannisa Khan hatte auf ihren Reisen durch das Land Gedichte und Lieder gesammelt und war selbst Dichterin gewesen. Ihre Zwölf Muqam, eine traditionelle uigurische Form der Musik, stehen seit 2005 auf der Liste des immateriellen Kulturerbes der Volksrepublik China.

Die Festung von Yarkent war 1271-1275 erbaut worden und galt damals als wichtiger Stützpunkt auf der südlichen Route der Seidenstraße. Dort, wo sich einst die Königsresidenz befand, ist vor einigen Jahren als Filmkulisse ein großes Eingangstor nachgebaut worden und man plant offenbar, den ganzen riesigen Palast zu rekonstruieren. Ein Lageplan steht vor dem Tor und viele Männer stehen vor dem Plan und studieren ihn.

Christiaan fühlte sich jetzt leider so krank, dass er nicht mit auf einen Bummel durch die Stadt gehen konnte. Zum Glück war unser hiesiges Hotel sehr komfortabel, Lampen, Fernseher und Dusche funktionierten einwandfrei. Dass mir dies eine Bemerkung wert ist, lässt sicher erahnen, dass das nicht überall der Fall war. In der Tat, irgendetwas war fast immer kaputt und das Bestreben, dies in Ordnung zu bringen, nicht sehr groß. Da habe ich so manches Mal an Menssur denken müssen, der beklagt hatte, dass es seinen Landsleuten an Verantwortungsgefühl für das, was sie tun, mangele. Die Arbeit wird getan, aber ob gut oder schlecht, ob effektiv oder planlos – egal. Vieles in den schönen Hotels war auf den zweiten Blick nicht mehr so schön, weil es einfach nicht gepflegt oder repariert worden war. Dazu muss ich allerdings gerechterweise sagen, dass dies nicht nur für uigurische, sondern ebenso für chinesisch geführte Hotels galt und dass wir im vergangenen Jahr eine völlig andere Erfahrung gemacht hatten. In den großen Städten gibt es selbstverständlich auch elegante Hotels von internationalem Standard, aber dieses Mal wollten wir ja gerade nicht nach internationalem Standard reisen, sondern möglichst so, wie es normale Uiguren tun.

Ein kleines Beispiel für mangelndes Interesse am Ergebnis seiner eigenen Arbeit ist dies: Einmal wollte ich in einem kleinen Supermarkt eine Packung Walnusskekse kaufen. Die junge Kassiererin unterhielt sich mit einer Freundin und knabberte in aller Seelenruhe Sonnenblumenkerne. Einige von Nuris Fragen zu den verschiedenen Kaffeeangeboten hatte sie zwar recht kurzangebunden beantwortet, aber als ich mit meinen Keksen in der einen und einem 100-Yuan-Schein in der anderen Hand zur Kasse kam, geschah nichts. Nachdem ich ihr mit einigen aufmunternden Gesten klar gemacht hatte, dass ich die Kekse gern kaufen wollte, strich sie das Päckchen flüchtig über den Scanner. Die Kasse zeigte 0,00 an. Nichts. Nuri sagte etwas zu ihr und sie wiederholte ihre offenbar recht anstrengende Geste. Wieder 0,00. Der Scanner reagierte nicht. „Hol mal eine andere Packung", schlug Nuri vor, „vielleicht ist der Scan-Code defekt." 0,00. Nichts. Nur ein paar Sonnenblumenkerne. Nicht einmal ein Blick oder ein Ausdruck des Bedauerns. Mit ihrer Freundin sprach sie ungerührt weiter, vermutlich über andere Dinge als über Kassenprobleme, und als wir schließlich ohne etwas zu kaufen den Laden verließen, schien es ihr nur recht zu sein. Am nächsten Morgen ging ich wieder im gleichen Supermarkt mit der gleichen Verkäuferin und den gleichen Keksen, aber nicht mit einem 100-Yuan-Schein, sondern mit geschlossenem Portemonnaie in der Hand, und sofort funktionierten Scanner und Kasse einwandfrei. Ein Wunder? Oder lag es vielleicht eher daran, dass sie mir jetzt nicht so viel Wechselgeld abzählen musste?

Es gibt in Yarkent zwar keine Gebäude aus der alten Zeit der Königreiche mehr, aber dennoch sieht vieles noch fast so aus wie in alter Zeit: Marktstände, kleine Geschäfte und Handwerkerläden. Eselkarren, Motorroller und „lokale Taxis" wie Nuri die motorisierten Karren nennt, die hinten eine Ladefläche für Fahrgäste haben, drängen durch enge oder nicht so enge Gassen. Jetzt am frühen Abend ist überall viel Betrieb, Frauen machen ihre Einkäufe, Kinder kommen aus der Schule, Männer gucken und plaudern. Wunderbare Fotomotive. Zum Glück fühlt sich niemand durch unser Fotografieren gestört. Im Gegenteil, Kinder rufen mir „Hallo" zu, wahrscheinlich das einzige internationale Wort, das sie kennen, und kichern verlegen oder stellen sich stocksteif auf, sobald sie merken, dass sich eine unserer Kameras auf sie richtet. Manche Kinder kommen und wollen ihr Bild im Display sehen. Kichern. Ein Mädchen hat braune Locken und Sommersprossen im Gesicht. Nuri bittet sie, ein Bild machen zu dürfen, keines mit Kichern, sondern ein richtig schönes Porträt. Das kostet ihn große Überredungskünste, aber schließlich nimmt sie sich zusammen und ist bereit – und alle ihre Freundinnen kichern um sie herum. Tatsächlich haben durchaus nicht alle Uiguren schwarze Haare und braune Augen, sondern man sieht immer wieder hellhäutigere und rothaarige Menschen, denn einst waren ja die Vorfahren der Uiguren aus verschiedenen, auch indoeuropäischen Völkern zusammengekommen.

Weiter gen Westen

Von Yarkent nach Hotan. Wie viele Wochen oder Monate werden wohl vor tausend oder zweitausend Jahren die Kamelkarawanen unterwegs gewesen sein, wenn sie von Yarkent nach Hotan zogen? Was werden die Treiber und Händler erlebt und gedacht haben? Welche Gefahren standen ihnen bevor, welche Mühsal und Sorgen? Sandstürme, Räuberbanden, sengende Sonnenhitze und im Winter eisige Kälte. Gab es genug Wasser und Nahrung für Mensch und Tier? Möglicherweise gab es damals mehr Wasser als heute, denn die Wüste breitet sich aus. Unmerklich zwar, aber doch schneller als in den vielen Jahrhunderten zuvor, denn man gräbt ihr gedankenlos das Grundwasser ab. Industrie und Großfarmen verbrauchen viel mehr, als das Wasser aus den Bergen wieder auffüllen kann.

Wir fahren durch platte, graue Wüste, Kilometer um Kilometer. Wie zum Trost ist die Straße hier sehr gut ausgebaut und nicht mehr holperig. Es sind nur wenige Autos unterwegs, gelegentlich sieht man kleine Windhosen über die sandige Ebene fegen, einmal läuft eine Kamelherde quer über die Straße und ein anderes Mal halten wir an, um Schafe zu fotografieren, die ein Schäfer von den Bergen her nach Hause treibt und die hier und da stehen bleiben, weil sie an den wenigen dürren, stacheligen Gestrüppbüscheln tatsächlich noch etwas Fressbares finden.

Dann erreichen wir Kargilik, eine kleine Stadt, die zwar eine große Moschee aus dem 16. Jahrhundert, aber sonst nicht viel Schönes zu bieten hat. Allerdings ist sie ein wichtiger Verkehrsknotenpunkt, denn hier beginnt die „Straße Null", die Straße, die in Richtung Süden nach Tibet führt. Unzählige Lastwagen biegen ab oder stehen vor Werkstätten oder auf den Parkplätzen vor den vielen kleinen Geschäften, die sich die Straße entlang aneinanderreihen. „Wisst ihr was Komm-komm-Läden sind?"

Nein, das wissen wir nicht. „Das sind solche kleinen Läden wie hier, zum Beispiel für Getränke, Erfrischungen, Massage oder Haarschnitt. Und hinten dran haben sie ein Hinterzimmer für gewisse Stunden (was in ganz China streng verboten ist, aber trotzdem blüht). Das ist so üblich." Und eine Art Sehenswürdigkeit, wie es scheint, denn Kargilik und die Straße Null sind landesweit bekannt. „Hier wäre unser Hotel gewesen", erklärt Nuri. „Aber da es noch viel zu früh ist, fahren wir weiter bis Hotan." Gut so. Eine kluge Entscheidung, mein Lieber, denn was sollten wir sonst den ganzen Nachmittag und Abend hier tun? Etwa in die Komm-komm-Läden gehen?

So waren wir also am Abend bereits in Hotan und konnten ein bisschen durch die Stadt schlendern, den Volksplatz und den Nachtmarkt besuchen. In einen Punkt scheinen sich Chinesen und Uiguren einig zu sein: Sie lieben Nachtmärkte. Es war zwar noch gar nicht ganz dunkel, als wir uns auf den Weg machten, aber viele Stände waren schon aufgebaut, für kleine und große Snacks, Nudelsuppen, Nan-Brot und Obst, Kebab und ganze, am Spieß gebratene Schafe, Spielangebote für Kinder, Schießbuden eine neben der anderen, Musik und Tanz für Chinesen, Skateboard fahren für die Jungen, Disneylandähnliche Vergnügungen für die Kleinen.

Dominiert wird der sehr große Volksplatz von einer sehr großen Statue. Es soll die einzige Statue sein, auf der neben Mao eine zweite Person steht. Diese zweite Person ist Kurban Tulum, ein uigursicher Bauer aus einem Dorf zwischen Hotan und Keriya. Als 1949 die Volksbefreiungsarmee in Xinjiang einmarschierte, soll Kurban Tulum eine so tiefe Dankbarkeit gegenüber der Kommunistischen Partei empfunden haben, dass er sich mit seinem Eselkarren auf den 1500 Kilometer langen Weg nach Urumchi machte, um dem großen Vorsitzenden eine Melone zu bringen. Die Parteifunktionäre in Urumchi, die hierin sofort eine Public-Relations-Sensation witterten, steckten ihn in ein Flugzeug und arrangierten ein offizielles Treffen mit

Mao in Peking. So durfte er, ein einfacher Mann aus einem kleinen uigurischen Dorf im Sommer 1958 dem großen Mao die Hand schütteln. Diese Geschichte von „Onkel Kurban", der in Wirklichkeit wohl nur ein ungeliebter Sonderling seines Dorfes gewesen war, soll seitdem die angeblich so tiefe Liebe der Uiguren zum kommunistischen Regime demonstrieren. Und damit es alle sehen können und niemand daran zweifelt, wacht das Standbild dieses symbolträchtigen Handschlags über den großen Volksplatz von Hotan.

Ansonsten unterscheidet sich Hotan (auch Khotan oder auf Chinesisch Hetian genannt) nicht sehr von anderen mittelgroßen Städten in Xinjiang. Früher jedoch, vom 1. bis zum 10. Jahrhundert, war es die glanzvolle Hauptstadt des Königreiches Hotan und das bedeutendste Zentrum der buddhistischen Kultur auf der Südroute der Seidenstraße gewesen. Zu Beginn des 20. Jahrhunderts hatten Archäologen und Forscher, u.a. Aurel Stein, in der Nähe der heutigen Stadt umfangreiche Ausgrabungen durchgeführt und viele wichtige Relikte aus der Vergangenheit gefunden. Wir beendeten den Tag allerdings weder mit archäologischen noch mit parteifreundlichen Überlegungen, sondern ganz so, wie es die Uiguren lieben: auf dem Nachtmarkt mit Nudelsuppe und Lammbraten und zusammen mit vielen anderen Menschen, mit ein paar funzelnden Lichtern, stillen Gesprächen und verlockenden Düften, lebhaft und beschaulich zugleich.

Hotan

Am nächsten Morgen fuhren wir aus der Stadt hinaus. Die Hotan-Oase ist groß und fruchtbar. Es werden neben Maulbeerbäumen für die Seidenraupenzucht auch Baumwolle, Obst, Getreide und sogar Reis angebaut. Wir kamen durch eine der wunderschönen, schattigen Pappelalleen, wie es sie in Xinjiang häufig gibt, obwohl das Problem der Wasserversorgung immer drängender wird. Neben den Baumreihen verläuft in der Regel ein Bach. Früher waren diese Bachläufe von kleinem Buschwerk gesäumt, das Schatten spendete, vor Verdunstung schützte und den natürlichen Lebenskreislauf erhielt. Später hat man jedoch angefangen, die Ufer einzubetonieren, was zwar sauber und ordentlich aussieht, aber viele Bäche verwandelten sich schon nach wenigen Jahren in ausgetrocknete Rinnen. Kein Gras, keine Frösche, keine Insekten mehr.

Die Allee, auf der wir jetzt fahren, ist von besonders hohen, alten Pappeln gesäumt und führt uns in eine kleine Stadt mit Namen Urumpash. An einer der Straßenecken herrscht Hochbetrieb: Ein Bäcker backt eine Art Brötchen, die ungeheuer beliebt zu sein scheint. Um einen Tisch herum stehen viele Leute, Männer und Frauen, alle mit einer Tüte in der Hand, und starren auf eine leere Tischfläche. Plötzlich kommt ein Mann mit einer Kiste angelaufen, schüttet den Inhalt in die Mitte des Tisches – und schon ist der Tisch wieder leer. Alle Hände haben nämlich gleichzeitig nach den frischen, heißen Brötchen gegriffen und nicht ein einziges übriggelassen. So schnell konnte man gar nicht zusehen! „Die müssen ja gut schmecken!" „Das sind Göschgerde, mit Fleisch und Zwiebeln gefüllte Teigtaschen. Kaufen wir auch ein paar?" Natürlich kaufen wir ein paar, denn die müssen wir unbedingt probieren. Wir stellen uns an den Tisch, einer mit Tüte, einer mit Fotoapparat, und warten auf die nächste Lieferung. Zu langsam, nichts abbekommen. Weder ein Brötchen noch ein ordentliches Foto. Seltsamerweise stellen sich nun keine Kunden mehr um den Tisch herum, aber ich bin geduldig und warte trotzdem in der Hoffnung, dass der Bäcker bald wiedererscheint und eine neue Ladung Göschgerde bringt. Meine drei Begleiter sitzen inzwischen an einem Tisch und trinken Tee. „Backpause", konnte Nuri schließlich erfahren. Da lohnt kein Warten mehr.

Ich habe aber noch etwas anderes Interessantes entdeckt: Seit geraumer Weile wird irgendwo sehr laut gesprochen, ich kann nur nicht herausfinden, wer das ist und woher es kommt. „Ach, das ist nur Propaganda. Irgendwo muss ein Lautsprecher sein." Nach einigem Suchen habe ich ihn entdeckt: Auf dem Mittelstreifen der Hauptstraße steht ein hoher Mast, ragt hoch über die Baumkronen hinaus, und oben sind sieben oder acht Lautsprecher befestigt, die in alle Himmelsrichtungen die guten Taten der kommunistischen Partei verkünden. In den vielen Büchern, die ich über die Mao-Zeit gelesen habe, war oft die Rede von der überall gegenwärtigen Propaganda, aber ich hatte eigentlich angenommen, dass das der Vergangenheit angehörte.

Heute ist Basar-Tag. Neben den vielen bunten Ständen mit Obst und Gemüse, Kebab, Brot und anderen Speisen, Stoffen und allerlei Gerätschaften entdecken wir auch einen Eselkarrenparkplatz. Das ist ein abgegrenzter Hof zwischen den Verkaufsständen, mit Ranken überdeckt, so dass er kühl und schattig ist, mit ausreichend Platz für Karren und Esel und mit ein paar Bänken für die Frauen, die auf ihre Männer warten. Die Männer haben auf dem Viehmarkt nebenan zu tun, und da das allein Männerdomäne ist, bleiben die Frauen gern hier unter sich. Ich möchte die Parkplatzbesitzerin fotografieren. Das macht sie verlegen. „Ach, nein, nicht mich, ich bin doch schon alt", windet sie sich verschämt. „Diese beiden jungen Mädchen hier sind doch viel hübscher als ich." Sie sind sehr hübsch, das ist richtig, aber ich möchte trotzdem gern ein Bild von ihr haben und außerdem ist sie viel jünger als ich, also gar nicht alt. „Doch, ich bin schon 48!" Ach, liebe gute Frau ... Ich hab ihr nicht verraten, wie alt ich bin, aber trotzdem darf ich am Ende ein Bild von ihr machen.

Der Bezirk Hotan ist nicht nur wegen Onkel Kurban und archäologischer Funde berühmt, sondern auch wegen seiner handwerklichen Traditionen wie Teppich-, Seiden- und Papierherstellung und außerdem wegen der besonders kostbaren weißen Jade, die die Flüsse aus dem Kunlun-Gebirge mitbringen. Hier in Urumpash besuchen wir zuerst eine Werkstatt, in der wollene Teppiche geknüpft werden. Später, in einer Seidenweberei bekommen wir gezeigt, wie man von Hand und mit alten Geräten von den Kokons die Seidenfäden abwickelt und aufspult, wie die Fäden vor dem Färben verknotet werden, damit sich beim Weben das besondere Muster der uigurischen Atlasseide bildet. Es erinnert an fließendes Wasser oder Holzmaserung und die meisten Stoffe leuchten in sehr bunten Farben. Wann die Uiguren dieses spezielle Seidenwebmuster erfunden haben, weiß ich nicht, aber die „Entdeckung" der Seide liegt schon sehr, sehr weit zurück:

Eines Tages, als Xi Ling Shi, die Gemahlin des mythischen Gelben Kaisers Huangdi (26. Jh. v. Chr.) im Garten wandelte, wurde sie von einer Schlange erschreckt. Sie kletterte auf einen Maulbeerbaum und beobachtete dort eine Seidenraupe, die gerade ihren Kokon spann. „Wie schön, zart, weiß und ‚seidig' dieser Faden ist!", dachte sie bei sich, wickelte den Kokon ab und verarbeitete ihn. So geht die Sage. Vielleicht war ihr aber auch ein Kokon in die Teetasse gefallen und sie hatte gesehen, wie er sich aufzulösen begann und ein langer, feiner Faden zurückblieb.

In Wirklichkeit muss Seide aber noch früher bekannt gewesen sein, denn bei Ausgrabungen hat man ein 4800 Jahre altes Gewebe gefunden. Im 3. Jahrhundert v. Chr. wurde Seide bereits in florierenden Manufakturen für den Export hergestellt, auf hoch entwickelten Webstühlen, in schillernden Farben und mit fantasievollen Mustern. Über Jahrhunderte blieb die Seidenherstellung ein wohl gehütetes Geheimnis der Chinesen. Die Römer dachten lange Zeit, Seide wachse auf Bäumen, die es in ihrem Reich nicht gab. Erst im 6. Jahrhundert n. Chr. gelang es einem byzantinischen Mönch, Seidenraupen außer Landes zu schmuggeln, so dass Kaiser Justinian die erste Seidenraupenzucht der westlichen Welt begründen konnte.

Nicht ganz so alt wie die Technik der Seidenweberei, aber auch sehr alt, ist die Erfindung des Papiers. Ein chinesischer Beamter namens Cai Lun hat die Methode der Papierherstellung im Jahre 105 n. Chr. erstmals beschrieben[11]. Und genauso wie damals macht es auch heute noch der Papiermacher, den wir nun besuchten.

Nuri kennt ihn aus früheren Jahren, hat sein Papier sogar schon für Zeichnungen verwendet. Der alte Mann zeigt uns, wie er die weichen inneren Fasern aus der Rinde junger Maulbeerbaumzweige schabt. Diese Fasern werden gekocht, zerstampft, gepresst, gerührt, dann in einem in die Erde eingelassenen Wasserbecken, auf Rahmen verteilt, glattgestrichen und in der Sonne getrocknet. Nach zwei Stunden kann man dann einen Bogen Papier aus dem Rahmen lösen. Dieses Verfahren hat er von seinem Vater gelernt. Früher gab es sehr viele Papierhersteller in dieser Gegend, erzählt er, sogar große Betriebe mit vielen Arbeitern. Denn damals, in seiner Jugend, war dieses Papier weithin begehrt, selbst für den Druck von Geldscheinen. Aber heute findet er kaum noch Absatzmöglichkeiten und auch keinen Schüler. Sein Sohn arbeitet in der Stadt, denn mit diesem alten Handwerk kann man jetzt kein Geld mehr verdienen. Er holt aus seinem Lager einen großen, länglichen Rahmen, den er einmal für einen Maler hergestellt hat, der so lange, schmale Bilder malen wollte. Es hatte viel Mühe gekostet, denn das Wasserbecken hatte extra deswegen vergrößert

---

11   http://de.wikipedia.org/wiki/Papier#Erfindung_des_Papiers

werden müssen, und dann ist der Maler nie wiedergekommen. Aber einen Stolz hat er, nämlich ein deutschsprachiges Buch, das 1994 ein Besucher über ihn geschrieben hat: „Der letzte Papiermacher der Taklamakan".

Nachdem wir auch eine Jadewerkstatt besucht und einiges über Vorkommen, Bearbeitung und Qualitätsunterschiede von Jadeit und Nephrit gelernt hatten, wollten wir selbst einmal unser Glück versuchen und fuhren zum Jade-Fluss. Tag für Tag hocken hier Männer zwischen den Steinen und drehen jeden einzelnen um. Einige kommen gleich auf uns zu und zeigen, worauf man achten muss, wie die echte Jade aussieht und was nicht echt ist, wie viel sie schon gefunden haben und ob wir ihnen nicht vielleicht etwas abkaufen möchten. Wir würden doch sowieso nichts finden. Nun, ich finde viele schöne Steine. Im Wasser schimmern sie verführerisch und sehen sehr kostbar aus, aber sobald die Feuchtigkeit verdunstet ist, sind die prächtigen Farben verblasst. Nur Nuri hat etwas gefunden, was möglicherweise Jade sein könnte. Die Männer kommen und gucken, diskutieren, überlegen fachmännisch hin und her, aber keiner will so recht zugeben, dass auch ein Fremder echte Jade finden kann. Macht nichts. Wir glauben trotzdem an Nuris Finderglück. Und vor allem kennen wir jetzt den Jade-Fluss von Hotan, den Yorungkash, und wissen, woher die vielen kostbaren Dinge stammen, die überall in den Geschäften angeboten werden. Das, was Christiaan am Morgen bei dem chinesischen Jadehändler als „schwarze Jade" gekauft hatte, ist allerdings nichts als gegossener Kunststoff, wie sich später herausstellen sollte.

Nachdem wir nun so vieles über Handwerk und die Ursprünge chinesischer Erfindungen gelernt haben, machen wir einen Ausflug in die nähere Umgebung der Stadt und finden dank Ahmedjans Spürsinn und Orientierungsvermögen das, was wir finden wollten, nämlich eine Parkanlage mit einem

700 Jahre alten Feigenbaum, der noch immer jedes Jahr seine süßen gelben Früchte hervorbringt. Eigentlich handelt es sich nicht mehr um einen Baum, vielmehr um ein kleines Feigenwäldchen, das aus einem Baum hervorgegangen ist. Das Sensationelle ist sein Überleben, denn die Winter hier haben wochen-, wenn nicht monatelang Minustemperaturen, also eigentlich keine Überlebenschance für einen Feigenbaum. Das Frostproblem wird gelöst, indem die anliegenden Bauern jedes Jahr vor Winterbeginn den ganzen Feigenhain unter einem Hügel aus Sand und Löss „begraben". Erst im Frühling werden die Stämme und Zweige wieder freigelegt, damit sie neu auszutreiben können.

Danach statten wir auch noch dem „König der Walnussbäume" einen Besuch ab. Er ist ähnlich alt und, obwohl hohl und von vielen Stangen gestützt, trägt er ebenso fleißig Nüsse wie der alte Feigenbaum Feigen. Walnussbäume gibt es in dieser Gegend viele, allerdings jüngeren Datums. Als wir eine von Walnussbäumen gesäumte Straße entlangfahren, sind gerade einige Leute bei der Ernte. Mit langen Stangen rütteln Männer an den Zweigen, bis die reifen Früchte herunterfallen, und Frauen sitzen am Boden zwischen hohen Haufen von Nüssen und pulen sie aus ihren Schalen. Wir bleiben stehen und schauen zu. Einer der Männer erklärt uns allerlei über Walnüsse, während die Frauen verschämt kichern, als ich sie um Fotoerlaubnis bitte. Ein Junge zertritt eine Nuss, schält sie aus der harten Schale, entfernt sorgfältig die feine bittere Haut, bis nur die frischen weißen Kerne übrig sind, und schenkt sie mir. „Rahmad – danke!" Schon ist er weg, weil sein kleiner Bruder zu weinen angefangen hat, und er offenbar die Verantwortung für den Kleinen trägt, während die Mutter Nüsse schält. Es ist eine mühsame Arbeit. Die Finger färben sich schwarz und tun vermutlich furchtbar weh, wenn man den ganzen Tag lang die harten Schalen aufbrechen muss. Für ein Kilo geschälter Nüsse erhalten die Frauen etwa 50 Cent.

Für diesen Abend waren wir bei Maryän eingeladen, einer ehemaligen Schülerin von Nuri. Sie ist Erzieherin und ihr Vater wohlhabend genug, um ihr in der Stadt einen eigenen Kindergarten einzurichten. Wir dürfen ihn am nächsten Tag besuchen, direkt neben unserem Hotel im zweiten Stock eines größeren Gebäudes. Wir schauen in mehrere der Räume. Die Kinder sitzen in ordentlichen Reihen an ihren Tischen. Eltern erwarten Disziplin und Gehorsam, kein Durcheinanderwuseln, erklärt uns Maryän. Wenn sie auch selbst nicht ganz mit den strengen Erziehungsvorstellungen einverstanden ist, so muss sie sich dennoch daran halten, weil die Kinder auf die Schule vorbereitet werden müssen. In China besteht Unterricht auch heute noch in Stillsitzen, Zuhören und Auswendiglernen. In einem der Räume sieht sich eine Gruppe gemeinsam einen Film im Fernsehen an, eine andere wird gestreng ermahnt, Schuhe und Jacken anzuziehen. Es klingt fast ein wenig militärisch, finde ich, aber die Kleinen tun ohne Murren, was ihnen gesagt wird, soweit sie es schon selbst können. Vielleicht, wer weiß, ist dieses selbstverständliche Gehorchen ja ein sinnvolles Gegengewicht zu dem Verhätschelt-Werden der vielen chinesischen Einzelkinder? Die Erziehungs- und Lehrmethoden in China sind für uns sowieso ein Gesprächsstoff ohne Ende. Erziehung zu selbständigem Denken und Selbstverantwortung, wie man es bei uns anstrebt, ist dort nicht üblich und wohl auch nicht erwünscht. Im Schlafraum stehen viele zweistöckige Bettchen mit bunter Bettwäsche, ganz dicht eines neben dem anderen, und draußen auf einer Terrasse, die das Dach eines Restaurants ist, befindet sich ein Spielplatz mit Klettergeräten und Rutschen. Rundherum ragen hohe, rot-weiß gestrichene Wohntürme auf.

Maryän ist eine attraktive, kluge junge Frau. Ihre natürliche, ungezwungene Herzlichkeit, ihr offenes, sanftes Wesen und ihre hübsche Erscheinung müssen jeden auf der Stelle gefangen nehmen. So wird es sicher auch sein, aber den richtigen Mann fürs Leben hat sie noch nicht gefunden. Anwärter gäbe es genug, sagt sie, aber sie ist in ihrer Lebenseinstellung zu modern, um einen Partner zu wählen, der ihr nicht genügend Freiraum und Selbständigkeit lässt und versucht, sie aus religiösen oder machohaften Gründen auf das bloße Frau-Sein zu reduzieren. Das Problematische an der Sache ist nicht so sehr ihr eigenes Herzensglück, sondern die Tatsache, dass ihre beiden jüngeren Schwestern nicht heiraten dürfen, ehe sie, die Älteste, verheiratet ist. Das würde auch heute noch gegen den guten Ton verstoßen und dieser unausgesprochene Druck lastet schwer auf ihr. Trotzdem möchte sie nicht irgendeinen Mann heiraten, selbst wenn er gutaussehend, reich und tüchtig ist, nur damit die Schwestern glücklich werden und nicht mehr arbeiten gehen müssen. Traditionen können auch eine Bürde sein.

Der Vater holt uns in seinem Wagen vom Hotel ab, sehr schick und komfortabel, klimatisiert und sogar mit eingebautem Navigationsgerät, was Ahmedjan dermaßen fasziniert, dass er seine übliche bescheidene Zurückhaltung überwindet und Fragen über Fragen stellt. Und staunt. Er kann seinen Blick gar nicht mehr von dem kleinen Bildschirm im Armaturenbrett lösen.

Die Familie wohnt in einem bewachten Wohnbereich in einem großen und luxuriös eingerichteten Apartment. Die Mutter heißt uns herzlich willkommen. Und wird sie in der Küche verschwinden? Ja, sie zieht sich tatsächlich kurz nach der Begrüßung zurück. Erst kurz bevor wir gehen, setzt sie sich für ein gemeinsames Foto zu uns aufs Sofa. Der Vater isst jedoch mit uns und beteiligt sich von Zeit zu Zeit interessiert an der Unterhaltung. Der Tisch ist wieder schön und reich gedeckt mit all den bunten Dingen, die man Gästen anzubieten pflegt. Auch eine ganze Folge delikater Gerichte haben sie für uns vorbereitet, und dann kommt noch eine Freundin dazu, Almira, die früher auch an Nuris Schule studiert, dann aber einen reichen Mann geheiratet hatte, so dass sie keinen Beruf mehr brauchte. Den Gesprächen können wir nur selten folgen, doch wir sind ja sowieso mit Essen beschäftigt. Und Ahmedjan, der träumt offensichtlich still und zufrieden von modernen Navigationsgeräten.

Am folgenden Abend waren wir dann bei Almira eingeladen. Darüber freuten wir uns besonders, weil sie mit ihrer Großfamilie in einem traditionellen Hotan-Haus wohnt. Wenn man es betritt, kommt man zuerst in einen sehr großen, quadratischen Raum, umgeben von einer mit Teppichen ausgelegten Erhöhung, auf der man sitzen, spielen, schlafen und sich zu einem gemütlichen Plausch zusammenfinden kann. Von hier aus gehen zu allen Seiten hin die Wohnbereiche der einzelnen Familien ab. Alles wird überdacht von einer hohen, beinahe kuppelartigen, sehr aufwändig und kunstvoll gearbeiteten Holzdecke. In diesem großen Haus leben neben Almira und ihrer Familie auch die Eltern, eine Großmutter sowie zwei Brüder mit ihren Familien.

Wir wurden in das im alten Stil eingerichtete Besuchszimmer gebeten. Der Vater, der mich, wie es üblich ist, nicht begrüßt hatte, setzte sich zu uns an den Tisch, und nachdem ich ihn einmal mit seinem jüngsten Enkel fotografiert hatte, lächelte er mich ab und zu freundlich an. Es ist schon etwas gewöhnungsbedürftig, muss ich gestehen, wenn ein Gastgeber, ein Verkäufer oder ein anderer netter Herr nur den anwesenden Männern die Hand reicht und mich völlig unbeachtet lässt. Aber so entspricht es der alten Tradition: Ein Mann berührt keine fremde Frau. Manchmal nickte mir einer zur Begrüßung zu, wobei er die rechte Hand an die Brust legte, und jüngere Männer, die sich nicht mehr streng an religiöse Vorschriften und Traditionen halten, gaben auch mir die Hand, so wie es bei uns üblich ist. Mit der Zeit hatte ich gelernt abzuwarten und nicht voreilig meine Hand auszustrecken, denn schließlich befanden wir uns in einem fremden Land und mussten die fremden Gewohnheiten respektieren.

Sand- und Staubstürme sind nichts Ungewöhnliches in einer Wüstenregion, und wenn man Xinjiang wirklich kennenlernen will, muss man auch das erlebt haben. An diesem Tag hatten wir das Glück. Glück nur deshalb, weil wir in einem geschlossenen Auto sitzen und aus dem Fenster schauen konnten, denn sonst wäre es alles andere als ein Glück gewesen. Vor dem feinen Sand kann man sich nämlich praktisch gar nicht schützen, er dringt überall durch, in jede Ritze, in jede Hosentasche und in jedes Nasenloch. Um uns herum ist alles flach, Sand und Steinchen, ein paar vereinzelte dürre Sträuchlein. Im Süden in der Ferne lässt sich manchmal ein Hauch von Kunlun-Gebirge erahnen, aber zu sehen ist eigentlich nichts als Grau-Beige zu beiden Seiten und die Sand- und Staubwolken, die über die Straße hinwegfegen. Nicht einmal Polizeikontrollen gibt es heute. Nichts. Bis wir irgendwann wieder eine Oase erreichen, in der Bäume vor dem Wind schützen, aber staubig ist es trotzdem. Dies ist das Dorf, in dem Kurban Tulum gelebt hat, der Mann, der Mao eine Melone schenken wollte, und wo jetzt sein Enkel ein Museum einrichten und ein staatliches Monatsgehalt beziehen darf. Später sollen Schülergruppen herkommen und lernen, wie gut es ist, wenn man dem Sozialismus und der Kommunistischen Partei treu ergeben ist. Wir bleiben nur kurz, denn das Museum ist noch nicht fertig und viel zu diesem Thema lernen möchten wir im Grunde gar nicht. Wir fahren lieber weiter nach Keriya.

Keriya ist eine geschäftige kleine Stadt mit langer Geschichte. Schon während der Han-Dynastie im 2. Jahrhundert v. Chr. war sie Hauptstadt des Königreiches Jumi gewesen. Etwas südlich von hier, an der Grenze zu Tibet, liegt der höchste Berg des Kunlun-Gebirges, „die Göttin des Kunlun" (7167 m). Leider hüllt er sich zurzeit in Dunst, Nebel und Sand.

Heute ist Freitag und alle Männer sind zum Freitagsgebet in der Moschee. Auf dem Basar ist es noch ruhig. Deshalb schlendern wir durch die Straßen und Gassen der alten Stadt, um das

Bild einer ganz normalen uigurischen Kleinstadt in uns aufzunehmen. Wir bewundern die zum Teil sehr schön bemalten Holztore der Lehmhäuser und lassen die stille Lebendigkeit einer fremden Welt auf uns wirken. Vor allem aber sind wir auf der Suche nach einem ganz besonderen Fotomotiv. In Keriya gibt es nämlich die allerkleinsten Hüte der Welt, wie Nuri erzählt hat. Nicht etwa Kinderhütchen, sondern winzige schwarze Kappen, die verheiratete Frauen oben auf ihrem Kopftuch tragen. Wie gerne würde ich ein Foto davon machen, wo das doch hier so eine Besonderheit ist. Es scheint jedoch nicht mehr recht in Mode zu sein, denn nur zweimal entdecken wir eine Frau, die solch ein Hütchen trägt.

Alles ist staubig. Überall auf dem Basar wird Kebab vorbereitet und überall steigt Rauch von den Grillständen auf. Eine einzige Staub-Rauch-Wolke schwebt über allem und trotzdem ist es schön, finde ich. Es duftet, es wird lebendig, geschäftig. Von der Moschee her strömen die Männer herbei, eilig oder nicht so eilig, mit Gebetsteppich unter dem Arm und Hunger im Bauch. Das Gedränge wird immer größer. Lammbraten, Brote, Kebab, Joghurt und Obst, alles lädt zum Mittagessen ein. Wir selbst waren schon in einem Restaurant an der Hauptstraße, ganz einfach und dörflich, so, wie es an solch einem Ort üblich ist. Ich war dort als Frau unter Männern ziemlich bestaunt worden, nicht unhöflich, nur neugierig. Zuerst hatten wir in einer Art Séparée einen freien Tisch gefunden, dann aber bemerkt, dass daneben ein Ehepaar saß und die verschleierte Frau sich mit dem Gesicht in die Ecke duckte und zu essen aufhörte, sobald wir Platz nahmen. In Gegenwart fremder Männer konnte sie wohl nicht essen. Deshalb hatten wir uns einen anderen Tisch gesucht und trotz der vielen interessierten Blicke fremder Männer hatte es mir recht gut geschmeckt.

Unsere letzte Station auf der Südroute der Seidenstraße sollte Niya sein. Auch Niya war einst ein bedeutendes

Handelszentrum gewesen. Eine Ruinenstadt in einiger Entfernung von der heutigen Stadt hatte zu Beginn des letzten Jahrhunderts viele Archäologen angelockt. Wir verbrachten den Abend jedoch in der neuen, nicht sehr schönen und überhaupt nicht interessanten Stadt. Das Besondere war nur: Es gab keinen Strom! Zuerst hatte man uns im Hotel getröstet, dass es leider erst am Abend wieder warmes Wasser zum Duschen geben werde. Schade, nach diesem staubigen Tag! Aber was sollte man machen? So war es nun einmal. Zu sehen und zu tun gab es nicht viel in Niya. Wir durchwanderten die halbe Stadt, beobachten das Alltagsgeschehen, guckten hier und da, staunten über breite, vielspurigen Straßen, auf denen kaum ein Auto fuhr, und suchten uns schließlich ein halbwegs vertrauenswürdiges Restaurant. Man trug uns einen Tisch auf die Straße und brachte Kebab, Brot und Tee, das Einzige, was im Angebot stand, aber es stellte uns vollauf zufrieden und so saßen wir lange dort am Straßenrand und sprachen über unsere Erlebnisse.

Es wurde dunkler und immer dunkler. Keine Straßenlaternen, düstere Häuser. Ein paar Geschäfte stellten ratternde Generatoren vor die Tür. Kein Strom in der ganzen Stadt und niemand wusste, warum und für wie lange. Wir gingen in einen der dürftig erleuchteten Läden, weil Nuri seine Fotos von der Speicherkarte abladen wollte. Hier gab es Strom, es gab Computer und fast alles, was dazugehört, sogar Kartenleser, aber sie funktionierten nicht. Der Ladenbesitzer holte immer wieder neue Geräte aus seinem wirren Vorratslager, fabrikneue – aber sie zeigten auf der Karte nichts an. „Dein Chip muss kaputt sein, meine Kartenleser sind alle in Ordnung", behauptete er. „Du siehst ja, ich hab sie gerade erst ausgepackt." Wenn es mein Chip gewesen wäre, dann wäre ich sicher verzweifelt zusammengebrochen, denn alle Fotos weg – ein Alptraum. „Nicht so schlimm", meinte Nuri lapidarisch. „Alle Computer in China haben Viren. Da kann man nichts machen. Ich hab ja noch eine Ersatzkarte und irgendjemand wird diese schon wieder reparieren können. Das geht immer, mach dir keine Sorgen."

Als wir später am Abend zum Hotel zurückkehrten und schon jede Hoffnung auf eine entstaubende Dusche aufgegeben hatten, erwartete uns eine freudige Überraschung: Es gab Strom. Dieses Hotel war nämlich ein staatliches Hotel und ausgerechnet an diesem Abend, so hatten unsere Begleiter in Erfahrung gebracht, sollten hier Beamte aus der fernen Hauptstadt übernachten. In solch einem Fall ist eben alles möglich.

Durch die Wüste

Noch einmal volltanken, Wasser und Brot einkaufen, den Motor vom Staub des Vortages befreien und dann machen wir uns auf den Weg nach Norden, mitten durch die Wüste.

Da ungefähr in der Mitte der Taklamakan große Erdöl- und Gasvorkommen entdeckt worden waren, hatte die chinesische Regierung 1995 zu ihrer Erschließung die Tarim-Fernstraße gebaut. Seit einigen Jahren gibt es zusätzlich noch eine weitere, sehr gut ausgebaute Überlandstraße zwischen Aral und Hotan, aber wir hatten für unsere Wüstendurchquerung die ältere Straße gewählt, die mit 520 Kilometern die längste Wüstenstraße weltweit ist und auch die teuerste, wie es bei Wikipedia heißt[12]. Teuer nicht nur wegen des Baus, sondern vor allem auch wegen der beidseitigen Befestigungen mit Tamarisken und ähnlichem Strauchwerk, das ständig durch am Boden liegende Schläuche bewässert werden muss. Außerdem sind Tag für Tag Arbeiterkolonnen damit beschäftigt, den Sand von der Straße zu fegen. Denn würde man die Straße nicht sauber halten und die Seitenbepflanzung permanent wässern, dann wäre sie wahrscheinlich in wenigen Wochen zugeweht und für immer verschwunden. Außerdem gibt es an der Strecke alle vier bis fünf Kilometer einen Brunnen, insgesamt 118 an der Zahl, die mit Generatoren betrieben und ständig bewacht werden.

Zuerst fahren wir durch eine Landschaft, die auf Uigurisch Janggal heißt. Das ist eigentlich schon Wüste, da es aber noch genug Grundwasser gibt, wachsen hier kleine Sträucher und einige Toghrak-Pappeln, an einigen Stellen sogar Schilf. Die Steinchen- oder Gobi-Wüste, in der nur vereinzelt kleine Pflänzchen grünen, wenn es einmal regnet, wird

---

12   http://de.wikipedia.org/wiki/Taklamakan

auf Uigurisch Sai genannt und die vollkommen unfruchtbare Sandwüste Kumluk.

Nach dem Janggal beginnt die richtige Wüste. Hinter den Streifen aus Gebüsch sieht man nun nur noch Sand und Dünen. Es sind wenige Autos unterwegs. Ahmedjan fährt und fährt. Christiaan und Nuri haben die Rückenlehnen ihrer Sitze nach hinten gekippt und ab und zu fällt ihnen der Kopf zur Seite. Auch mir werden die Lider schwer, aber jeder freie Blick auf die Dünen verscheucht die Müdigkeit sofort wieder. Plötzlich biegen wir bei einem der Brunnenhäuschen von der Straße ab. Wahrscheinlich mochten auch Ahmedjans Augen nicht länger offenbleiben. Der Brunnenwächter kommt sofort heraus und es wird ein bisschen geplaudert. Ich stakse durch die stacheligen Buschreihen hindurch und bin auf einmal mitten drin im Wüstensand. Sandalen stören jetzt nur noch. Der Sand ist weich und warm wie ein samtenes Kissen. Immer weiter, immer weiter, endlich kann ich die Wüste erleben und Fotos machen, so viel ich will. „Wenn wir hier weitergehen, kommen wir nach Pichan", sagt Nuri. Das sind allerdings noch gute 500 Kilometer! Auch wenn die Sehnsucht nach seiner Heimatstadt Pichan groß ist, das geht nicht. Das könnte kein Mensch überleben, nicht einmal ein Kamel. Aber einfach hier zu stehen, mitten in dieser wundersamen Umgebung, das allein ist schon ein unglaubliches Erlebnis. Ahmedjan vollführt seltsame Tänze, um seine müden Glieder zu recken, Christiaan klettert auf eine Düne und breitet die Arme aus, als wollte er davonfliegen, während Nuri davonwandert, in Gedanken vielleicht schon auf halbem Wege nach Pichan. Ich gucke, betaste die Muster im Sand und wünsche mir ein Stückchen blauen Himmel, damit alles noch schöner aussieht. Die Wolken reißen auf, die Sonne scheint durch sie hindurch, der Himmel wird blau – und der Sand heiß! So schnell geht das. Ein einziger Sonnenstrahl und schon brennen die Fußsohlen. Nun ja, wir müssen sowieso weiter, der Weg ist noch weit und Ahmedjan hat seine gymnastischen Übungen schon lange beendet. Nuri kehrt reumütig zurück und wird sich noch eine Woche gedulden müssen, ehe er Pichan und seine Verwandten wiedersehen kann.

Nach ein paar weiteren Stunden erreichen wir unser Ziel für diesen Tag: Tazhong, das chinesische Kürzel für „Zentrum des Tarimbeckens". Tazhong ist im Grunde nichts weiter als ein langgestreckter Parkplatz mit einer Art Motel und einem Restaurant, ein oder zwei Geschäften und Werkstätten und einer ganzen Reihe von „Komm-komm-Läden". Der Ort wurde gegründet, weil ganz in der Nähe das Tazhong-Ölfeld liegt, das enorme Öl- und Gasvorkommen birgt und über eine rund 4200 Kilometer lange Pipeline mehrere Provinzen, sogar Shanghai mit Erdgas versorgt.

Am frühen Nachmittag herrscht hier eine Gluthitze, kein Windhauch ist zu spüren. In unserem Zimmer rasselt zwar eine Klimaanlage, aber da wir gerade erst unsere Erkältungen überstanden haben, verzichten wir lieber darauf und schlafen ein bisschen im Warmen. Erst als die Sonne tiefer steht, wagen wir uns wieder hinaus und laufen in die Wüste hinein.

Über eines, was wir während unserer Reise gesehen haben, werde ich nichts erzählen, nämlich über öffentliche Toiletten. Die von Tazhong muss selbst für hartgesottene Lastwagenfahrer alles Vorstellbare übertroffen haben, so dass es auch im weiten Umkreis um sie herum noch unvorstellbar aussah und roch. Als wir dieses Desaster hinter uns gelassen hatten, wurden wir allerdings belohnt mit etwas, was auch beinahe unvorstellbar ist, aber unvorstellbar schön. Die Dünen waren hier höher als am Mittag beim Brunnenhäuschen und die Schatten, die die tief stehende Sonne warf, modellierten eine Landschaft, die so überwältigend war, dass ich es in Worten kaum beschreiben kann. Dazu der weiche, samtweiche, feine Sand unter den Füßen. Wir steigen hinauf, immer weiter, immer höher. Soweit das Auge reicht, nur Sand und Wogen von Sand, beinahe messerscharfe Grate auf dem Kamm, sanfte Muster, die der Wind gezeichnet hat, Schatten und Licht, absolute Stille. Lange stehen wir oben auf einer Düne und sagen kein Wort. Ganz weit in der Ferne ist ein Bohrturm zu sehen: die Ölfelder von Tazhong. Wie ein kleiner Dorn, ein Stich im Herzen. Das ist das große Problem der Wüste: ihre Bodenschätze. Man bohrt und baut ab, macht die schönen Dünen kaputt. „Sand hat eine Haut", erklärt uns Nuri. Die sieht man nicht, wenn man etwas Sand in die Hand nimmt und jedes Körnchen einzeln auf den Boden rieseln lässt. Natürlich ist jedes Korn für sich, aber trotzdem halten sie zusammen. „Schaut mal unsere Fußspuren. Die Ränder sind noch zu sehen. Da halten die Körner zusammen, als hätten sie eine Haut." Auch die scharf gezogenen Linien auf dem Dünenkamm wären nicht möglich, wenn der Sand nicht eine unsichtbare, unfühlbare Haut hätte, die die Körner zusammenhält. Das leuchtet ein. Ich hatte mich schon oft gefragt, wie Sand, also lauter winzige Einzelkörnchen, solche markanten Formen bilden kann. Wenn man am Strand eine Burg bauen will, muss der Sand feucht sein, damit man ihn formen kann. Aber hier in diesem Klima ist die Luft so heiß und trocken, dass jede Feuchtigkeit sofort verdunstet. Also ist es diese unsichtbare Haut, die die Dünen schützt. Unsere Fußstapfen werden ihr vielleicht wehtun. Doch so kleine Wunden heilen schnell, morgen oder übermorgen, je nachdem wie stark der Wind weht, werden sie verschwunden sein. Die Spuren der Laster, Bagger und Bohrtürme heilen nicht so schnell und die, die die Atomtests[13] verursacht haben, wahrscheinlich nie. „Wenn die Haut kaputt ist, fliegt der Sand. Es gibt jetzt schon viel mehr Sandstürme als früher."

Aber Toiletten und Bohrtürme – wir Menschen brauchen beides. Keiner von uns möchte noch ohne das leben, was uns die Erdölbohrungen bescheren. Auch ich nicht. Schauen wir

---

13   Auf dem Kernwaffentestgelände Lop Nor wurden zwischen 1964 und 1996 zahlreiche oberirdische und unterirdische Atomtests vorgenommen. Es wird seitdem von mysteriösen Krankheiten und Missbildungen berichtet.

also in eine andere Richtung! Hinter uns sieht man jetzt nur noch den oberen Rand vom Dach unseres Gasthofs, rundherum nur Dünen. Die Straße und das Unaussprechliche sind verdeckt. Wir steigen noch eine Düne hinauf, durch den samtweichen, welligen Sand. Welch eine Landschaft! So schön, so mächtig, so Ehrfurcht einflößend. Irgendwann muss ich einmal überlegen, ob es dafür die richtigen Worte gibt. Es ist einfach unbeschreiblich: diese elegant geschwungenen Linien der Dünenkämme, tiefe Täler und Abhänge mit unterschiedlichen Mustern, Wellen, Riffel, fantasievoll modelliert vom Wind.

Wind erhebt sich auch jetzt, als wir auf einer noch höheren Düne stehen, und treibt Sandfahnen vor sich her. Er wird immer heftiger, unsere Kameras müssen unter Bluse und T-Shirt verschwinden. Teile eines Hanges rutschen ab. Das feine, gleichmäßige Wellenmuster ist jetzt unterbrochen. Es sieht beinahe aus wie eine Schürfwunde auf der Haut. Wenige Minuten später, als wir noch einmal hinschauen, hat die Fläche ein neues Muster bekommen. Der Wind zerstört, heilt und formt immer wieder neu. Ich hätte ewig zuschauen mögen: Eine beeindruckendere Landschaft, ein schöneres Bild, eine bewegendere Natur habe ich noch nie gesehen. Es ist eine Natur ohne Leben. Aber auf rätselhafte Weise lebt die Wüste in sich selbst.

In meinen Notizen habe ich ein Satzstückchen gefunden, das ich irgendwo gelesen oder einmal in einem Naturfilm gehört hatte: „Warm-zärtliches Streicheln des Wüstensands [...] – hautnah an den Emotionen der Natur". Wenn es das gibt: „Emotionen der Natur", dann hier in dieser unglaublichen Schönheit und unendlichen Weite der Taklamakan.

Sehr früh am nächsten Morgen brechen wir auf. Frühstück gibt es in unserem Motel nicht, das werden wir erst ein paar Stunden später bekommen, wenn wir die Wüste hinter uns gelassen und die Brücke über den Tarim erreicht haben. Nachdem wir eine Weile gefahren sind, sehen wir wieder vereinzelte abgestorbene Toghrak-Bäume, dann einige, die etwas Laub haben, dann buschartig wachsende Tamarisken, immer mehr und mehr. Und bald überqueren wir schon den großen Fluss. Der Tarim ist mit seinen etwa 2400 Kilometern der längste Fluss Zentralasiens und einer der längsten Binnenflüsse der Erde überhaupt. Er durchfließt den nördlichen Teil der Taklamakan und endet am östlichen Ende des Tarimbeckens. Früher versorgte er große Gebiete mit ausreichend Wasser, bis die chinesische Regierung 1949 begann, verschiedene Bewässerungsprojekte zu starten, Kanäle und Staubecken zu bauen, riesige landwirtschaftliche Betriebe anzulegen, vor allem Baumwollanpflanzungen, die sehr viel Wasser verbrauchen, und sogar Reisfelder. So führt der große Fluss immer weniger Wasser, der Grundwasserspiegel sinkt, die Ufervegetation stirbt ab, die Pappelwälder welken, die Tiere verschwinden, das verbleibende Wasser versickert in der Wüste. Die Erhaltung der Auenwälder am Unterlauf des Tarim ist eines der Forschungsprojekte unseres guten Freundes Halil, der sich mit den Umweltproblemen Xinjiangs befasst. Denn wenn es diese Wälder eines Tages nicht mehr geben sollte, weil am Ober- und Mittellauf des Tarim zu viel Wasser abgeleitet wird, und wenn deshalb die Wüstenteile zusammenwachsen, dann steht dem Land eine traurige Zukunft bevor. In diesem Jahr führt der Tarim ungewöhnlich viel Wasser. Nuri und Ahmedjan, die diese Strecke schon mehrmals gefahren sind, staunen über den hohen Wasserstand.

Ein wenig weiter im Norden besuchen wir einen Naturpark. Hier sorgt der Tarim für so viel Grundwasser, dass ein Wald von Toghrak-Bäumen entstehen konnte. Dies ist eine Pappelart, nämlich die Euphrat-Pappel, (Populus euphratica), die äußerst genügsam ist, salzhaltiges Wasser verträgt und sehr alt werden kann. Im Volksglauben heißt es, dass die Bäume 1000 Jahre lang Laub tragen. Danach, wenn sie keine Kraft mehr haben, Blätter hervorzubringen, bleiben sie weitere 1000 Jahre aufrecht stehen, und wenn sie schließlich umfallen, leben sie noch einmal 1000 Jahre weiter. Das kann wohl kaum der

Realität entsprechen, aber zumindest ist es nachgewiesen, dass es sie seit mehr als 6,8 Millionen Jahren gibt[14], und wir haben sehr dicke und mit Sicherheit sehr alte Bäume gesehen, die wie abgestorben wirkten, aber immer noch einige grüne Zweige nährten. In einem Monat, Mitte Oktober, werden sich alle diese knorrigen Pappeln goldgelb gefärbt haben, doch jetzt sind sie staubig und grau-grün. Wir machen eine Rundfahrt im Touristenbummelzug durch einen Teil des Parks. Der andere Teil ist zurzeit wegen Überschwemmung nicht zugänglich. Unterwegs entdecken wir, dass es unterschiedliche Toghrak-Arten gibt, einige haben einen „Bart", sehr feines, dürres Geäst, das wie ein Vollbart vom Stamm herunterhängt. Und viele Bäume tragen unterschiedliche Blätter, runde und lanzettförmige, weshalb die Euphrat-Pappel auch gelegentlich Populus diversifolia genannt wird. Wenn der Salzgehalt des Wassers allzu hoch ist, dann können sie über die Rinde überschüssiges Salz wieder ausscheiden. Nuri zeigt uns an einem der riffeligen Stämme einige unscheinbare bräunliche Klumpen, die man mit etwas Geduld herauslösen kann. Wir haben daran geleckt: Es ist reines Salz. In Korla backt man mit diesem Salz eine besondere Sorte von Nan-Brot und auch das haben wir später probiert, als wir in Korla waren. Es schmeckt nicht salziger als anderes Brot, aber doch ein wenig anders. Es ist eben eine seltene Spezialität, das Toghrak-Salzbrot.

---

14   http://www.bjreview.cn/g-br/2003-52/2003.52-china-1.htm

Kucha und Kizil

Am frühen Nachmittag erreichen wir Kucha auf der nördlichen Route der alten Seidenstraße. Kuchas Geschichte lässt sich bis zum 1. Jahrhundert v. Chr. zurückverfolgen. Sie war wie die Geschichte aller hiesigen kleinen oder größeren Reiche sehr wechselhaft: Einmal war Kucha chinesischer Vasall, mal wurde es vom König von Yarkent erobert, dann wieder von den Chinesen unterworfen, mal war es eigenständiges Königreich, dann während der Tang-Dynastie tributpflichtig und auch später immer mehr oder weniger stark von China abhängig. Heute ist Kucha eine mittelgroße Stadt, halb modern, halb alt, ein bisschen chinesisch, ein bisschen uigurisch.

Ahmedjan hat hier einen Freund. Er ist ganz aufgeregt vor lauter Vorfreude. Ich glaube, endlich einmal fühlt er sich als Hauptperson, weil er hier jemanden kennt und weil er oder vielmehr sein Freund Kacherman weiß, wo man das beste Essen der ganzen Stadt bekommt. Das beste Essen nicht nur in Kucha, sondern überhaupt das beste uigurische Essen, das man sich vorstellen kann. „Habt ihr auf unserer Reise schon irgendwo besser gegessen als hier?", fragt er uns. Nein, lieber Ahmedjan, das haben wir nicht. Alles hat köstlich geschmeckt und es war richtig gemütlich an dem kleinen Tisch auf der „Nacht-Restaurant-Straße". Sogar ein kleines Fläschchen Lieblingsschnaps durfte sich unser Fahrer zum Abschluss gönnen, weil heute sein Freund das Fahren übernahm.

Die „Tausend-Buddha-Höhlen" von Kizil sind eine Reihe von 236 buddhistischen Felshöhlen, etwa 75 Kilometer von Kucha entfernt. Sie sind einer der frühesten buddhistischen Felshöhlenkomplexe in China. Einige der Höhlen wurden schon im 4. Jahrhundert angelegt, die letzten in der Zeit der mongolischen Yuan-Dynastie (1279-1368). Viel von den alten Wandmalereien und Kunstwerken ist allerdings nicht mehr zu sehen, denn als zu Beginn des vorigen Jahrhunderts Archäologen, Forscher und Abenteurer aus aller Welt die alten Stätten in der Gobi und Taklamakan erforschten, nahmen sie vieles mit in ihre Heimatländer. Mit Sven Hedin hatte 1894 ein wahrer Run auf die verwehten Wüstenstädte in Zentralasien begonnen. Schnell hatte es sich herumgesprochen, dass es in Nordwestchina noch unentdeckte Schätze aus der Vergangenheit zu erforschen gab, und alle wollten daran teilhaben. Besonders erfolgreich und berühmt wurde der ungarische Forscher Aurel Stein aus England, der für seine Verdienste sogar von der Queen geadelt wurde. Ebenfalls zu den Ersten und weltweit anerkanntesten Forschern gehörten Albert Grünwedel und Albert von Le Coq, die sich für die Indische Abteilung des Völkerkundemuseums in Berlin auf den Weg machten und in ihren vier „Turfan-Expeditionen" zwischen 1902 und 1914 die manichäischen und buddhistischen Höhlen von Bezeklik, Kocho (Gaochang), Yar-Khoto (Jiaohe) und Kizil freilegten, untersuchten, erforschten. In mühsamer, ausgeklügelter Feinarbeit und mit erstaunlichen Techniken lösten sie die Malereien von den Höhlenwänden und verpackten sie, in Einzelstücke zerlegt, vorsichtig mit Matten und Tüchern in Holzkisten. Wochenlang wurden diese Kisten dann per Kamelrücken, Zug und Schiff nach Berlin transportiert. Alle ihre Arbeiten, alles, was sie fanden, hat Grünwedel sorgfältig dokumentiert. Und alle diese Unterlagen sowie unzählige Wandbilder, Statuen, Kultgerät und alte Schriften liegen noch heute in den Archiven des Asiatischen Museums von Berlin oder in der Staatsbibliothek. Ein Teil ist sorgfältig restauriert und ausgestellt, viele Schriften sind entziffert worden. Aber noch immer warten unzählige Wandmalereien und Dokumente aus Kizil und anderen Höhlen auf ihre Restaurierung bzw. Entzifferung. Sie sind hier ganz gewiss in guten Expertenhänden, aber leider nicht mehr dort, wo sie eigentlich hingehören. Viele andere Kunstschätze aus den Höhlen Xinjiangs befinden sich auch in den Museen von Sankt Petersburg und Moskau, London, Stockholm, New York und Tokio.

Die Höhlen von Kizil liegen hoch an einem Berg. Man muss viele Holztreppen emporsteigen, Treppen, die es damals noch nicht gab, als buddhistische Mönche und Künstler sie in die Felsen schlugen und ausmalten.

Wir durften nur fünf der Höhlen besichtigen. Ein paar alte Bildfragmente waren noch an den Wänden und hier und da die Kopie eines der in Berlin restaurierten Bilder, sonst nur viele Löcher, in denen früher einmal Holzstücke gesteckt hatten, an denen Buddha-Statuen befestigt gewesen waren. Im Vergleich zu den Mogao-Grotten von Dunhuang, die wir im Jahr zuvor gesehen hatten, konnten uns diese Höhlen nicht sehr beeindrucken. Zwar haben auch in Dunhuang nicht alle Kunstwerke die Jahrhunderte unbeschadet überstanden, manches war ins Ausland geschafft, anderes von fanatischen Moslems zerkratzt oder überschmiert worden oder russische Soldaten hatten Goldfarbe abgeschabt und mit nach Hause genommen, aber die Kulturrevolution hatten sie dank Zhou Enlais besonderem Schutz überlebt. Heute sind die Mogao-Grotten eine äußerst sehenswerte, eindrucksvolle Museumsstätte, die seit 1987 zum Weltkulturerbe der UNESCO zählt.

Zwischen Kizil und Kucha liegt eine bizarre Berglandschaft. Natürlich halten wir ab und zu an, klettern auf Anhöhen oder schauen in das fast weiße Bett eines Flusses. Dieser Fluss führt nicht viel Wasser, aber seine Ufer sind zu beiden Seiten von einer breiten, weißen Salzkruste überzogen. Wir sind im Tal des Salzigen Wassers. Die Flüsse bringen das Salz aus den Bergen mit, das Wasser versickert oder verdunstet und das Salz bleibt als weiße Kruste am Boden zurück. Das versickerte Wasser macht das Grundwasser salzig, mancherorts so sehr, dass man es nicht trinken kann. Nur die Toghrak-Bäume können damit leben. Zum Anschauen finde ich diese gewaltigen Salzablagerungen aber äußerst interessant.

Einmal halten wir wegen einer Herde Kamele, die auf einer dürren Ebene grast. Kamele haben heute natürlich nicht mehr die gleiche Bedeutung wie früher, als sie die einzige Möglichkeit waren, schwere Lasten durch weite Steppen- und Wüstengebiete zu transportieren. Ohne sie hätte es keinen Handel auf der Seidenstraße geben können. Und auch noch zu Beginn des 20. Jahrhunderts, als Forscher aus fernen Ländern kamen, um die Kunstschätze Xinjiangs in ihre Heimatländer zu bringen, ging dies nur mit Hilfe von Kamelen. Sie sind stark und genügsam, können tagelang ohne Wasser auskommen und bocken nur selten, wenn man sie an der Leine führt. Seitdem es jedoch Autos und befestigte Straßen gibt, braucht man keine Kamele mehr. Man kann zwar gelegentlich Touristen auf ihnen reiten lassen oder ihr Fleisch essen, aber nur noch wenige Bauern halten eine Kamelherde.

Ein anderes Mal halten wir an, weil wir neben der Straße riesige, rote Flächen leuchten sehen. „Was ist denn das?" Es sind Peperoni. Millionen von roten Chilischoten liegen zum Trocknen in der Sonne, wie riesengroße rote Teppiche. Dazwischen sitzen ein paar Frauen und Kinder, die die Schoten in der Mitte durchschneiden, damit sie schneller trocken. Was für eine mühselige Arbeit! Die Finger werden rot und brennen wahrscheinlich fürchterlich. Nuri fragt eine der Frauen, wie viel sie für einem Tag Chilischoten-Schneiden bekommt. Es ist erschreckend wenig.

Am Abend bummeln wir mit Nuri durch die Altstadt von Kucha. Es ist lebhaft wie überall in den uigurischen Altstädten. Überall wird etwas zum Verkauf angeboten, hier auch Riesen-Nan-Brote. In Kucha gibt es nämlich auch eine Spezialität von Nan-Brot. Es ist so groß wie drei oder vier normale Brote und wird bestrichen mit etwas, was sehr gut schmeckt. Mit einem dieser Brote setzen wir uns am Straßenrand in ein winziges „Open-Air-Restaurant", das aus einem Teppich und zwei flachen Tischen besteht. An einer Feuerstelle kocht eine Frau Kürbis-Manta. Wir bestellen uns eine Schüssel von diesen gedämpften Teigtaschen, die mit einer Kürbis-Lammfleisch-Mischung gefüllt sind, und bekommen dazu duftenden, warmen Tee gebracht. Zusammen mit einem Stück von unserem frischen, knusperigen Brot, das nicht nur als Beilage, sondern gleichzeitig auch als Teller dienen muss, schmeckt es einfach köstlich. Diese ganz einfachen Dinge, die so ursprünglich und ungekünstelt sind und uns an dem wirklichen Leben der normalen uigurischen Bevölkerung teilhaben lassen, gehören zu meinen schönsten Erinnerungen dieser Reise. Zu einer ähnlichen Erinnerung sollte an diesem Abend auch die Rückkehr zu unserem Hotel werden.

Wir nahmen nämlich ein „lokales Taxi". Man winkt und setzt sich auf die Ladefläche, sobald der Fahrer anhält. Die Beine lässt man nach außen baumeln, Gepäck kommt in die Mitte. So geht es in flottem Tempo quer durch den chaotischen Verkehr. Links und rechts werden wir von schnelleren Pkw-Taxis überholt, dann holpert es über eine dieser „Fahr-langsam-Schwellen", dazu uigurische Lieder und Rap. Mit Musik und wehenden Haaren im Freilufttaxi durch die Vollmondnacht von Kucha – wenn das kein Erlebnis ist! Als eine Ampel auf Rot springt, wird es eng. Auf der einen Seite drängeln sich Motorräder, auf der anderen kann ich mit den Füßen gegen einen Bus klopfen. Die Fahrgäste recken schon die Hälse, um auf uns herunterzusehen. Da die Ampel noch immer nicht umschalten will, wird es unserem Chauffeur langweilig. Millimetergenau zwängt er sich – das heißt uns – zwischen dem Bus und einem Auto hindurch und fährt los. Die anderen können ja folgen, wenn es Grün wird, denkt er sich wohl. Ja, so ist es hier: Es gibt zwar Regeln, aber manchmal geht es auch ganz gut ohne sie. Zumindest kommen wir wohlbehalten irgendwohin, wo wir umsteigen müssen. Dieses Taxi hat nämlich nur eine Lizenz für die Altstadt, und hier, wo wir jetzt stehen, beginnt die mittelalte Stadt. Zum Glück weiß Nuri, was zu tun ist: zuerst einmal in den Nachtmarkt von Mittelalt-Kucha hineingehen und gucken. Gucken ist immer gut. Aber das Hineingehen ist keine ganz einfache Sache, denn hier herrscht Stau. So ein Wimmeln von Menschen und Fahrzeugen zwischen Ständen und am Boden hockenden Obstverkäuferinnen ist schon allein sehenswert, aber nun will auch noch ein Bus da durch! Es steigen zwar einige Leute aus, aber das macht den Bus ja auch nicht schlanker. Sein Hupen nützt ebenfalls nicht viel, denn die anderen Autos hupen auch und außerdem ist man hier so an Hupen gewöhnt, dass sich niemand groß darum schert. Aber es regt sich auch niemand auf. Kein böses Wort, keine hastige Bewegung. Einfach abwarten. Eine Frau am Boden zieht ihr Obst-Wägelchen um einige Zentimeter näher an sich heran und schaut gelassen zu. Ein Moped windet sich am Bus vorbei, da der ja sowieso nicht weiterfahren kann, und wir zwängen uns zwischen den Kebab-Ständen hindurch und schaffen es mit der Zeit, uns an all dem Fahrzeug-Menschen-Gewirr vorbeizuschlängeln und einen kurzen Rundgang über den Basar zu machen. Als wir zurückkommen, steht der Bus immer noch an der gleichen Stelle.

Für den Rest des Heimwegs müssen wir nun ein modernes Pkw-Taxi suchen, denn in der Neustadt verkehren die „lokalen" nicht. Die Menschen, die hier leben, pflegen so etwas wohl nicht zu benutzen.

Ahmedjan steht rauchend vor dem Hotel und kann kaum verhehlen, dass er schon lange und ungeduldig wartet. Ob die beiden wohl wieder mit Kacherman essen gehen und ein Schnäpschen trinken wollen? Das haben sie uns nicht verraten. Auch am nächsten Morgen nicht, aber irgendwie sahen sie so aus ...

Eines müssen wir unbedingt noch sehen, ehe wir Kucha verlassen, bestimmt Ahmedjan, nämlich den Palast des alten Kucha-Königreiches. Genau wissen wir nicht, was wir hier zu sehen bekommen, weil es im Reiseführer nicht aufgeführt ist und Ahmedjan und Nuri es uns nicht erklären können. Das Faltblatt, das man uns an der Kasse mitgibt, hilft auch nicht weiter, denn was darin auf Englisch beschrieben steht, ist kaum verständlich. Zumindest verstehen wir anhand der ausgestellten Fotos, dass hier einmal ein Prinz gelebt hat, der vielen kommunistischen Führern die Hand schütteln durfte. Sehr alt können die schönen Gebäude allerdings nicht sein. Sie können unmöglich etwas mit dem alten Königreich aus der Zeit der Seidenstraße zu tun haben. Aber wir durchwandern trotzdem die ganze Anlage mit elegant eingerichteten Räumen, einem orientalischen Garten und allerlei alten Gegenständen, die man in den Überresten der früheren Stadt oder in der Umgebung gefunden hat. Kucha war schon vor weit mehr als 2000 Jahren eine große Stadt und eines der wichtigsten Handels- und Kulturzentren Zentralasiens gewesen. Daher war es nur recht, dass wir dies mit unserem Besuch gewürdigt haben, wenn es auch ein wenig unbefriedigend war. Später, schon wieder zu Hause, erklärte uns ein geschichtskundiger Uigure, dass sich der letzte Nachkomme des ehemaligen Lokalkönigs so gut mit der chinesischen Zentralregierung gestanden hatte, dass er diesen schönen Palast gebaut bekam. Heute dient er nur noch als Museum.

Korla

Dann verlassen wir Kucha und fahren in Richtung Osten nach Korla. Das ist nicht sehr weit und außerdem eine gut ausgebaute Autobahn. Wir werden im Nu da sein. Die Landschaft ist öde und flach. Eigentlich müsste man im Norden die Tianshan-Berge sehen können, aber es ist so dunstig, dass wir nur ganz selten einmal einen verschwommenen Blick auf die fernen Schneekappen erhaschen können. Die Vorberge scheinen mehrfarbig zu sein, aber auch das kann man nur vage erahnen. Meistens ist alles platt und grau. Das traumhaft schöne Bild von weißen Schneebergen und blauem Himmel, das ich einmal in einer Fernsehdokumentation gesehen hatte, soll mir wohl bei dieser Reise verwehrt bleiben.

Mit dem schnellen Vorankommen klappt es auch nicht so recht. Es sind nämlich Hunderte von Militärfahrzeugen unterwegs, die man nicht überholen darf. Irgendwann macht ein Konvoi Mittagspause. Die Wagen halten einfach auf der rechten Spur an, die Soldaten packen ihr Kochgeschirr aus, Maschinengewehre und große Kisten. Sie halten Briefings ab oder eilen die Böschung hinunter, wo es leider keinerlei Sichtschutz für gewisse Verrichtungen gibt. Doch chinesische Soldaten dürfen nicht zimperlich sein.

Nach einer geraumen Weile wird es uns endlich gestattet, ganz langsam an der Kolonne vorbeizufahren. Viele der Laster ziehen Kanonen oder andere gefährliche Dinge hinter sich her, alle gut verpackt in Tarnüberzüge. Nachdem wir dann noch einige andere Konvois überholen durften, ist mit einem Mal endgültig Schluss. Alle Privatfahrzeuge werden auf die linke Spur oder auf den Randstreifen dirigiert und dann: Halt! Warten. Ein gewichtig auftretender Polizist sorgt für Ordnung. Und dann kommen all die vielen, vielen, vielen Militärwagen, an denen wir gerade so vorsichtig vorbeigefahren sind, und werden zwischen uns wartenden Zivilisten durchgewinkt. Es ist heiß! Als endlich alle Nicht-Militärautos wieder fahren dürfen, ist der salutierende Polizist verschwunden und es gibt keine Ordnung mehr, nur noch heilloses Durcheinander, denn jeder will als Erster weg von hier. Aus unerklärlichen Gründen dürfen wir kurz darauf sämtliche Militärs auf der linken Spur überholen. Warum das ganze Theater? Das sollte uns ein Rätsel bleiben, ein Rätsel, das viel Zeit und viel Schweiß gekostet hat.

Als Korla schon in Sicht ist, werden wir und einige andere Wagen von Soldaten und Polizisten von der Autobahn weg auf eine Nebenstrecke gewinkt. Ob wir wohl etwas falsch gemacht haben? Ahmedjan verliert kein Wort und fährt einfach, wie er fahren soll, denn er vertraut fest darauf, dass wir irgendwie schon in die Stadt kommen werden. Später können wir aus der Ferne wieder die Konvois auf der Autobahn dahinschleichen sehen und nehmen an, dass wir nichts falsch, sondern alles richtig gemacht haben.

Das Kapitel „Korla" bleibt kurz, denn Korla ist eine ziemlich gesichtslose und fast rein chinesische Großstadt, groß geworden wegen der nahen Ölfelder und der Firmensitze der Erdölgesellschaften. Ich hatte schon Ahmedjan in den anderen Städten nach einem Freundschaftsladen gefragt. Das sind staatliche Läden, in denen alles angeboten wird, was ein Touristenherz höherschlagen lässt, zum Beispiel Seidenschals, Kunsthandwerk und alle Arten von Souvenirs, und zwar in geprüfter Qualität und zu fairen Preisen. Als professioneller Reiseleiter hätte er sie eigentlich kennen müssen, dem war aber nicht so oder er stellte sich stur und führte uns lieber zu dem Laden eines Freundes, der Musikinstrumente verkaufte, obwohl wir keine Musikinstrumente haben wollten, oder zu einem Teehändler, der seine Mischungen nach Farben statt nach Geschmack kreiert. So besuchten wir also auch in dem chinesischen Korla den sehr kleinen und sehr uninteressanten uigurischen Basar. Hier gab es keinen Schal aus Seide und auch sonst nichts Schönes. Nur Toghrak-Salzbrot fanden wir hier schließlich. Also war es doch nicht ganz vergeblich.

Am Abend gingen Christiaan und ich allein spazieren und überlegten, was wir essen könnten. Nicht viel, wir hatten ja erst spät und reichlich Mittagessen bekommen. Neben unserem Hotel war ein Nachtmarkt. Wir könnten dort Brot und Obst kaufen. Oder von den chinesischen Teigtaschen? Da gab es allerlei, was Christiaan gefallen hätte, aber zuerst einmal wollten wir noch ein Stückchen weitergehen. Bis zur Ecke, mal sehen, was das da ist. Vielleicht ist es ein Kaufhaus und ich bekomme doch noch einen Seidenschal ... Es war kein Kaufhaus. Es gab überhaupt keine Geschäfte. Nur ein paar Imbissverkäufer oder Garküchen. Gehen wir da rein? – Ach, nee, ich hab gar keinen Hunger. – Komm, wir gucken mal. Vielleicht gibt's ja eine kleine Nudelsuppe. – Na gut, wenn du möchtest. – Sonst gehen wir eben wieder. Wir gingen nicht. Wir waren nämlich auf einmal mitten in China! Seit gut zwei Wochen waren wir durch das Land der Uiguren gereist und hatten fast vergessen, dass wir uns in China befanden. Hier aber waren wir nun in ein typisch chinesisches Kleinrestaurant geraten: kahle Wände, grelles Neonlicht, ein paar abwischbare Tische und ein Höllenlärm. Die anwesenden Gäste brüllten sich an, als seien sie Todfeinde, die sich gegenseitig niederschreien wollten. Dazwischen wuselte eine kleine Kellnerin mit Notizblock und Stift in der Hand und ein Chef, der überall gleichzeitig war. Es wurde ein Tisch für uns leergefegt und darauf ein paar in Folie eingeschweißte Speisekarten verteilt. Christiaan hatte vergessen, was „Nudelsuppe" auf Chinesisch heißt oder vielleicht hat er es auch nur falsch ausgesprochen. Niemand verstand uns und wir konnten nichts lesen. Mir wurde von dem Lärm schon leicht schwindelig, denn die Nachbargäste – alles sicher gute Freunde oder Verwandte, die sich von Herzen gernhatten, aber nicht leise sprechen konnten – machten keinen Augenblick Pause.

Wenigstens gab es schon einmal Tee. Der Chef kam zu Hilfe, Christiaan und die kleine Kellnerin malten ein paar Bildchen auf den Block und schon standen vor uns zwei Riesenschüsseln voll Tofu-Suppe, von denen wir wahrscheinlich eine ganze Woche lang hätten satt werden können. Dazu noch ein Gericht aus grünen Blättern, eine Schale Reis, ein fröhliches Lächeln und ein zufriedenes Zuzwinkern des hin- und hereilenden Chefs. Christiaan versuchte, so gut er konnte, zu erklären, dass es nicht an der Vorzüglichkeit der Suppe lag, dass wir so viel in unseren Schüsseln übrigließen, sondern an unseren Mägen. Ja, tatsächlich war die Suppe delikat und tatsächlich waren wir so satt, dass wir noch einige Male die Straße auf und ab laufen mussten, ehe wir uns schlafen legen konnten.

Nach Turpan

Endlich geht es für Nuri in Richtung Heimat. Heute am frühen Nachmittag wollen wir in Turpan sein, wo Abdurahman zu Hause ist und auf uns wartet. Abdurahman hat chinesische Philologie und Literatur studiert und arbeitet seit einigen Jahren in der Turfan-Forschung. Da er in Turfan (oder Turpan) zu Hause ist und in dem nahe gelegenen Dorf Tuyuk vor einigen Jahren bisher unentdeckte buddhistische Felshöhlen mit alten Schriften gefunden wurden, lag es nahe, dass er sich mit dem Studium dieser uralten Literatur befasste. Diese alten Handschriften waren in alttürkischer, tocharischer, parthischer, sogdischer oder alt-uigurischer Sprache verfasst. Und da an der Berlin-Brandenburgischen Akademie der Wissenschaften ein Professor arbeitet, der die fast vergessene alt-uigurische Runenschrift noch lesen kann, war Abdurahman für ein halbes Jahr als Gastwissenschaftler in Berlin gewesen.

Für mich ist Abdurahman einer der Menschen, die ich vom ersten Augenblick an ins Herz schließen konnte. Er ist sehr groß und dünn, ein wenig unbeholfen, schien es, ein ewig strahlendes Lächeln in den blitz-schwarzen Augen, voller Herzlichkeit und Wärme. Mein erster Eindruck war: Der sieht ja nett aus, aber ich verstehe ihn leider nicht. Ich verstand kaum etwas von dem, was er mir mit großem Eifer erzählte, erstens weil er so hoch über mir sprach, und zweitens, weil sein Englisch irgendwie anders war als meines. Erst viel später stellte sich heraus, dass es gar nicht so schlecht um seine Deutschkenntnisse stand und von da an klappte es viel besser mit der Kommunikation. In hinreißenden Mails hat er uns seitdem seine Freundschaft beteuert („wie gets innen? Ich habe immer vermissen dich sind. Sie befinden sich in Berlin für meine Gastfreundschaft, ich besonders danken […] Ich sehe, Sie sind beide in der Turpan sehen möchten ihren Lieben das gleiche.") und nun werden wir ihn bald in seiner eigenen Heimat treffen. Ich sehe schon die vielen Lachfältchen um seine Augen und freue mich riesig. Wie viele Stunden werden wir brauchen? Fünf vielleicht, mehr nicht. Die Straße ist gut, wieder hauptsächlich Autobahn und die Militärkonvois sind ja zum Glück schon weg. Nur um die Stadt Korla herum gibt es noch ein bisschen Grün, sonst viele Steine, Staub und furchtbar viele Industrieanlagen. Überall im grau-braunen Nichts ragen Schornsteine auf und schleudern ihre grau-weißen Rauchfahnen in den Himmel. Es stinkt. Wir kommen zum Glück zügig voran, der Verkehr fließt und das GPS-Gerät schweigt (vielleicht macht die Zentrale heute eine ganz lange Mittagspause). Gute zwei Stunden lang fahren wir so, doch dann ist es vorbei. Stau. Hier ist es bergig, weiter vorn ist ein Tunnel zu sehen. Hat es da vielleicht einen Unfall gegeben? Jemandem weiter vorn in der Schlange scheint es langweilig geworden zu sein, denn ein, sogar zwei Autos kommen auf der Standspur zurück, entgegen der Fahrtrichtung. Eine Weile später sehen wir die beiden auf der Überholspur der Gegenfahrbahn an uns vorbeirasen. Aha, so kann man es also auch machen. Gar keine schlechte Idee – jedenfalls solange auf der Gegenfahrbahn niemand überholen will. Als wir brav Wartende schließlich weiterfahren dürfen, sehen wir die Ursache des Staus: ein parkender Militärwagen! Vielleicht haben die Soldaten ja auch alle in Korla oder auf der rechten Spur der Autobahn übernachtet und sind jetzt doch wieder vor uns? Aber wieso überhaupt darf man stehende Militärfahrzeuge nicht überholen? Manchmal ja, manchmal nein, manchmal langsam, manchmal schnell? Das soll einer verstehen!

Irgendwo ist ein Tankwagen die Böschung heruntergefallen. Öl läuft aus. Frauen laufen mit Eimern hin und her und schöpfen auf, so viel sie können. Wir müssen geduldig sein und sehr langsam an der Unfallstelle vorbeifahren. Da wird es mit einem Mal auf der Gegenfahrbahn lebhaft. Allerdings nicht so, wie man es in Deutschland kennt, nämlich dass dort Autos fahren, die in die andere Richtung wollen als man selbst, sondern diese Autos fahren alle in die gleiche Richtung wie wir, nur eben auf der Überholspur der Gegenfahrbahn! Wie kann man sich so sicher sein, dass in der anderen Richtung niemand überholen wird? Wieder so ein Rätsel, das wir nicht lösen konnten. Und auch dieses nicht: Wir müssen bald wieder im Schneckentempo dahinschleichen. Etwas weiter vorn sehen wir zwei Militärwagen nebeneinander fahren. Lange Zeit. Sehr lange Zeit und sehr langsam. Der auf der linken Spur blockiert die Autobahn für alle anderen Fahrzeuge. Niemand kann überholen. Ob die Soldaten vielleicht gerade in interessante Gespräche verwickelt sind? Oder lachen sie sich kaputt über die wehrlosen Zivilisten, die sie so leicht in Schach halten können? Woher kommen überhaupt diese vielen Soldaten mit all ihrer schrecklichen Ausrüstung? Haben sie Manöver abgehalten? Oder vielleicht Xinjiang beschützen sollen, als es vor einigen Wochen in Hotan und Kashgar zu Unruhen gekommen war? Fragen wir lieber nicht so viel, sondern freuen uns einfach, dass wir bald weiterfahren dürfen.

Neben all diesen verkehrstechnischen Fragen möchte ich aber auch dieses erwähnen:

Neben einem Parkplatz hatten wir am Vormittag einen bunten Fahnenberg entdeckt, der nach Nuris Erklärung ein mongolisches Heiligtum sein sollte. Die vielen bunten Gebetsfähnchen waren wirklich schön. Wunderschön im strahlenden Sonnenschein unter tief blauem Himmel, Fähnchen in allen Farben. „Geh nur hin", hatte mich Nuri aufgefordert, „das ist mongolisch. Korla ist nämlich die Hauptstadt des Mongolischen Autonomen Bezirks Bayingolin." „Das sieht ja beinahe so aus wie bei den Tibetern." „Das hier ist aber mongolisch. Manche Mongolen sind Moslems geworden, aber die, die hier leben, haben den tibetischen Lamaismus angenommen. Sieh dir nur die Schrift an, man schreibt von oben nach unten." Ich steige alle Treppen hoch und bin fasziniert von den schönen

Farben. Auf jedem Fähnchen ist ein Pferd. Das hat also wirklich etwas mit Mongolen zu tun, aber die Schrift ist tibetisch, nicht mongolisch, nicht von oben nach unten. Vielleicht benutzen die Mongolen ja in Glaubenssachen die tibetische Sprache oder dieses Heiligtum wurde von der Regierung nur an die Autobahn gesetzt, damit jeder sehen kann, wie tolerant und minderheitenfreundlich China ist.

Bisher habe ich noch nichts zum Thema Religionen gesagt, obwohl das sowohl für Buddhisten als auch für Moslems sehr wichtig ist, ganz besonders natürlich in Tibet und Xinjiang.

Laut Verfassung herrscht in China Glaubensfreiheit15: „Alle Staatsangehörigen haben die Freiheit, sich zu einer Religion oder auch zu keiner zu bekennen. Die Freiheit, seine religiöse Überzeugung zu wählen und sie auszudrücken, wird garantiert." Aber: „Religiöse Aktivitäten sind nur innerhalb der von der Verfassung und den Gesetzen fixierten Rahmenbedingungen statthaft. Alle Staatsangehörigen genießen das Recht auf Glaubensfreiheit, dürfen aber nicht ihre Religionszugehörigkeit zu rechtswidrigen Aktivitäten nutzen, die die staatliche Ordnung untergraben oder negative Einflüsse auf die Gesellschaft und Einzelpersonen ausüben. [...] Normale religiöse Aktivitäten an den dafür registrierten Stätten oder in den Familien der Gläubigen unterliegen staatlichem Schutz."

Ein wenig oder auch etwas mehr als ein wenig eingeschränkt ist die Religionsfreiheit also doch. Denn was heißt schon „negative Einflüsse"? Und wieso musste am Roza-hëyt-Tag die Moschee schon um 7 Uhr morgens geräumt sein? Jugendlichen unter achtzehn Jahren ist das Betreten einer Moschee verboten und Islamunterricht darf nicht einmal privat erteilt werden. Ein Thema also, zu dem ich mich lieber nicht weiter äußern möchte.

---

15   http://www.china-guide.de/china/religionen/h.religionspolitik/a. glaubensfreiheit.html

Auf unserem Wege nach Turpan begegnen wir noch so manchem Hindernis, einmal wegen Bauarbeiten, wegen eines Unfalls, wegen Mittagessenspause eines Militärkonvois, und auf einem ziemlich langen Abschnitt der Autobahn sind so breite und scharfkantige Fugen in dem nagelneuen Belag, dass man nur mit äußerster Vorsicht darüber fahren darf, wenn man keinen Achsenbruch oder eine schlimme Panne riskieren möchte. Abgesehen von dieser Art von Abwechslung sehen wir auch immer wieder knallrote Peperoni in der Sonne trocknen, riesige Flächen. So unendlich viele, dass man glauben könnte, die ganze Welt wollte damit ihre Speisen feurig würzen.

Die Stunden vergehen. Von Zeit zu Zeit klingelt das Telefon und Abdurahman fragt, wo wir denn nur bleiben. Er hat doch schon gekocht und wartet auf uns. Einige Stunden später als geplant sehen wir ihn dann endlich am Straßenrand stehen. Er strahlt. Er strahlt sein schönstes Abdurahman-Strahlen. Am liebsten würde ich ihn umarmen wie zum Abschied in Berlin, aber ich glaube, das gehört sich hier nicht. Dann steigen wir hinauf in die Wohnung, wo seine Frau Nuryagül, sein neun Monate alter Sohn und der Schwiegervater, der heute die Aufgabe des Babysitters übernommen hat, uns begrüßen und wo wir endlich unser gutes, sehr gutes Mittagessen bekommen. Ein bisschen von seinem wenigen Deutsch hat Abdurahman schon wieder verlernt. Es ist nicht ganz einfach, sich mit ihm zu unterhalten, doch wenn seine Sprachkenntnisse nicht ausreichen, dann füllt er die Sprachlücken mit Armen, Händen und einem erwartungsvollen Lächeln.

Als etwas später sein älterer, sechsjähriger Sohn, ein hübsches, aufgewecktes Kerlchen, in dessen Augen auch schon dieses Abdurahman-Strahlen funkelt, aus der Schule kommt, machen wir zusammen eine kleine Rundtour durch die Altstadt. Abdurahman zeigt uns einen alten Getreidespeicher aus der Mandschu-Zeit, einen sehr alten Friedhof, eine wunderschöne

Moschee aus dem Jahre 1870 und die Weingärten am Emin-Minarett, für das er seit einiger Zeit verantwortlich ist. Eigentlich arbeitet er am Museum, aber vor kurzem hat er zusätzlich die Aufgabe zugewiesen bekommen, für den Erhalt des Emin-Minaretts zu sorgen. Dies ist ein 44 Meter hoher Turm aus luftgetrockneten Ziegeln, Teil einer Moscheeanlage, die 1777 von Prinz Suleiman zu Ehren seines Vaters Emin erbaut wurde. Da der Vater sich ein einzigartiges Bauwerk gewünscht hatte und da der Sohn sicher sein wollte, dass es für alle Zeiten ein einzigartiges Bauwerk bleibt, hatte der Prinz den Architekten kurzerhand umbringen lassen. Seit 1988 steht das Minarett auf der Liste der Denkmäler der Volksrepublik China. Rund um die Gebäude herum liegen weitläufige Gärten und Weinfelder und offenbar stehen auch sie unter Abdurahmans Obhut, denn er schenkte uns zum Abschied eine Tüte mit einigen Kilo Rosinen von hier.

Die Turpan-Oase ist berühmt für Rosinen. Da es hier aufgrund der ungewöhnlichen geografischen Verhältnisse – die Oase liegt bis zu 150 Meter unter dem Meeresspiegel – im Sommer ganz besonders heiß wird, sind die Trauben, die hier reifen, unvergleichlich süß und aromatisch. Zum Trocknen werden sie in luftdurchlässigen Häusern aus Lehmziegeln aufgehängt, so dass sie im ständigen Luftzug und vor der Sonne geschützt, ihre grünliche Farbe und ihr natürliches Aroma behalten.

Nach dem Abendessen bringt uns Abdurahman zu unserem Hotel. Heute ist übrigens unser „Guthaben-Tag", den wir in Kargilik an der Straße Null eingespart hatten. Wie gut, dass unser Reiseplan so flexibel ist und alles ohne viel Aufhebens umgebucht werden konnte. Also, heute Abend gehen die Alten fernsehen, schreiben und schlafen, die Jungen gehen feiern.

Turpan hat wie alle Städte an der Seidenstraße eine lange, wechselhafte Vergangenheit. Mit Hilfe des Internets habe ich hier die verschiedenen Zeitabschnitte zusammengestellt. Etwas anders natürlich, aber ähnlich wird es für all die anderen Orte auch aussehen:

- kurz vor Christi Geburt erstmals erwähnt in chinesischen Quellen als das Reich Che Shi (車師)
- 67 v. Chr. von China vorübergehend erobert
- 10 n. Chr. unter der Herrschaft der Xiongnu (Hunnen)
- bald darauf Selbstständigkeit zurückgewonnen
- vom 5. bis 7. Jahrhundert unter türkischer Herrschaft
- 640 von China besetzt (Tang-Dynastie)
- 790 von den Tibetern besetzt
- 843 wurde Turpan Teil des zweiten uigurischen Reiches
- 1209 Eroberung durch die Mongolen
- 1389 Invasion durch die Moguln (Hizir Khoja)
- gleichzeitig ist es auch China (Ming-Dynastie) tributpflichtig, als Gegenleistung für Handelserleichterungen auf der Seidenstraße
- bis ins 16. Jh. immer wieder Kämpfe zwischen Moguln und Ming-Dynastie
- 1881 ganz Xinjiang vom Qing-Reich erobert und dem Kaiserreich eingegliedert
- seit Ende 19. Jh. Einflusszone des Russischen Reiches
- in den 1940er Jahren unter der Guomindang extrem antikommunistisch
- 1945 Gründung der kommunistischen Republik Ost-Turkestan
- 1949 Eingliederung Xinjiangs in die Volksrepublik China
- seit 1955 „Uigurische Autonome Region Xinjiang"

Am nächsten Morgen sind ausnahmsweise einmal die Alten die Ersten und die Jungen verpassen die Frühstückszeit. Christiaan und ich gehen allein über den Basar, der unserem Hotel direkt gegenüber liegt und den wir vom letzten Jahr her schon kennen. Wir spazieren auch durch den Stadtpark und die schöne, mit Weinranken überdachte Straße Qingnian Lu. Als wir zum zweiten Mal im Basar sind und nach uigurischen Kleidern oder Mitbringseln für unsere Enkel suchen, begegnen wir Nuri. Er muss etwas zum Frühstück kaufen, denn im Hotel gab's nichts mehr. Zeit verschlafen, zu spät aufgestanden. Auch Abdurahman trifft mit beträchtlicher Verspätung und tausend strahlenden Entschuldigungen im Museum ein, wo wir uns für den Vormittag verabredet hatten. „Was habt ihr denn heute Nacht gemacht?" „Ach, nichts ... Erzählt."

Einst gab es im Tarimbecken Dinosaurier, die auf weiten Steppen grasten. Viele Millionen Jahre davor war es ein Meer gewesen. Alles über Xinjiangs Frühgeschichte ist im Museum dokumentiert. Es gibt auch einen Raum voller alter Schriften, die in Felshöhlen gefunden wurden. Mit etwas Mühe kann Abdurahman sie entziffern, oder er weiß zumindest, aus welcher Zeit und von welchem Volk sie stammen. Abdurahman ist hier gar nicht unbeholfen. Ganz im Gegenteil, es geht eine gewisse Autorität von ihm aus. Hier ist er nicht Schüler, hier ist er Chef.

Dann fahren wir ins Tal der Trauben. Dies ist ein schmales, acht Kilometer langes Tal nordöstlich der Stadt, das so fruchtbar ist, dass hier sehr viel Obst und vor allem Wein angebaut wird. An den felsigen Hängen stehen Rosinentrockenhäuser und am rauschenden Fluss eine ganze Reihe von Gaststätten, die Touristen und Einheimische gleichermaßen anziehen. Eines finden wir nach langem Suchen, das jetzt im Herbst noch geöffnet ist, und darin auch ein lauschiges freies Plätzchen: Wände aus Weinranken, niedrige Tische auf rot bezogenen Podesten, bunte Kissen im uigurischen Muster. Von der Decke hängen Trauben und direkt hinter uns stürzt ein Wasserfall die Felsen herab. Es gibt Tee und ein köstliches Gericht nach dem anderen. So verbringen wir eine ausgedehnte, genüssliche Mittagszeit.

Später sehen wir uns auf einem Berghang die Rosinenhäuser genauer an. Hier ist der Boden absolut trocken, nicht die geringste Vegetation, nur grauer Fels und Staub. Wie ist es möglich, dass ein paar Schritte weiter, auf der anderen Seite der Straße, Wein und Obst in solcher Fülle gedeihen? Es wird wohl ganz allein am Wasser liegen, das dort unten der Fluss bringt und hier oben nicht. In einigen der Trockenhäuser hängen schon Trauben, manche sind bereits etwas schrumpelig, andere noch fast frisch. Die Traubenlese hat erst gerade begonnen und es dauert etwa zwei Wochen, bis die Beeren vollständig ausgetrocknet und zu richtigen Rosinen geworden sind. Am folgenden Tag beginnt endlich unsere Reise nach Pichan. Abdurahman begleitet uns für die nächsten zwei Tage, denn da wir ihm Dresden und Sanscouci gezeigt hatten, möchte er uns jetzt auch etwas von seiner Heimat zeigen. Wir fahren durch eine imposante, wüstenhafte Berglandschaft. In dem Yanghai-Tal, erklärt er, hat man zahllose alte Gräber gefunden, 3000 Jahre alt, und in vielen lagen Mumien. Die Mumien, die man hier und in anderen Regionen der Taklamakan entdeckt hat, wurden nicht einbalsamiert wie die ägyptischen Mumien, sondern sie sind einfach nicht verwest, weil das Wüstenklima so trocken ist. „Früher war es hier aber noch nicht so trocken wie jetzt", fährt Abdurahman fort, „dies war alles Grasland und die Menschen, die hier lebten, waren Nomaden. Durch dieses Tal, dort drüben neben dem Fluss, verlief die Seidenstraße. Es war ein sehr belebtes Gebiet. Daher auch die Höhlen von Tuyuk." Etwas weiter, von einem kahlen Berg aus, können wir sie dann sehen, die Höhlen von Tuyuk. Erst vor wenigen Jahren hat man sie frei gelegt. An einer Felswand hoch über dem Fluss haben ebenso wie in Kizil, Bezeklik, Dunhuang und einigen anderen Oasen buddhistische Mönche und Künstler vor vielen Jahrhunderten Höhlen in den Stein geschlagen und sie mit Bildern und Statuen ausgeschmückt. Die Höhlen von Tuyuk sind der Öffentlichkeit nicht zugänglich. Man muss nämlich sehr vorsichtig sein, damit die Wandmalereien und Schriften, die bis jetzt erhalten geblieben sind, nicht unnötigen Risiken ausgesetzt werden. Aber Abdurahman kennt sie alle. Und noch immer mehr kommen hinzu. Erst in diesem Frühjahr hat man wieder eine ganze Reihe neuer Höhlen entdeckt, erzählt er. Hier gibt es noch viel zu tun. Auch Fachleute vom Museum Dahlem sollen bei der Restaurierung helfen. Wir schauen jedoch nur von oben vom Straßenrand hinunter: In schwindelnder Tiefe, aber hoch über dem Talgrund sieht man die Öffnungen in der Felswand und die Rampen und Treppen, die davor für die Arbeiter errichtet wurden.

Tuyuk ist eine malerische kleine, alte Stadt in den Bergen. Wir hatten sie im letzten Jahr schon besucht, weil sie so ursprünglich und unverfälscht ist, dass sie zu einer Touristen-Attraktion geworden ist, in der man sich um einige Jahrhunderte in die Vergangenheit zurückversetzt fühlen kann. Auch kommen alle Maler und Kunststudenten des Landes hierher, um sich zu üben. Sie sitzen überall und überall kann man ihre Bilder bewundern und kaufen. Wir halten uns jedoch nicht lange auf und besuchen nur einen der Höhlenwächter zu Tee und Rosinen, damit er Abdurahman von den letzten Forschungsneuigkeiten berichten kann. Dann machen wir uns wieder auf den Weg in die Wüste. Denn für heute Abend ist sie unser Ziel.

Wir halten noch einmal mitten im Nirgendwo. Wir laufen, gucken, fotografieren, malen in den Sand, hören Geschichten, schauen der untergehenden Sonne zu, sitzen im Sand und lassen Ahmedjan im Auto warten. Wenn das Ton-Lehm-Sand-Gemisch, das hier die Erdoberfläche bildet, einmal feucht war und zu berstenden Krusten austrocknet, dann kann man mit einem Stein darauf schreiben. „Früher hat man solche Sandplatten wie eine Schreibtafel benutzt", zeigt mir Nuri und schon bricht sie entzwei. „Na ja, man muss vorsichtig sein ..." Noch ein Versuch, nichts als lauter Krustenkrümel. Aber für einen ganz kleinen Augenblick habe ich die Schrift auf der Tafel gesehen, ehe sie zu einem Nichts zerbröselte. Da muss man damals wohl beim Schreiben sehr vorsichtig gewesen sein! Ich liebe solche Geschichten. Ich liebe es auch, durch den Wüstensand zu laufen, den Sonnenuntergang zu fotografieren und Abdurahman mit Armen und Händen sprechen zu sehen.

Es wird höchste Zeit, unser Nachtlager aufzusuchen. Als wir ankommen, ist es schon dunkel. Wo sind wir eigentlich angekommen? Eine ganze Weile sind wir durch Wald und enge, gewundene Straßen gefahren, durch ein paar winzige Dörfer, wo alte Männer einen Abendspaziergang machten und uns staunend entgegensahen, und dann sind wir irgendwann in diesem Hof gelandet. Unsere drei Uiguren sprechen mit zwei anderen Uiguren und sagen dann: „Okay. Er kocht uns was. Wir machen schon mal die Betten." „Wo macht ihr die Betten? Sollen wir helfen?" „Nein, ihr könnt euch ja ein bisschen umgucken." Umgucken? Es ist ja alles finster. Zum Hof hin gibt es zwei oder drei offene Zimmer mit einem großen niedrigen Tisch und bunten Kissen. In der Nähe scheint die Küche zu sein, denn da werkeln die beiden Männer, die hier zu Hause sind, aber sie fühlen sich offenbar gestört, wenn eine fremde Frau zum Fenster hereinschaut. Also, könnte man ja Ahmedjan beim Fegen helfen. Er fegt nämlich mit großem Eifer und einem Reisigbesen die Holzgestelle unserer Betten sauber. Ahmedjan freut sich, dann kann er doch mal eine Zigarette rauchen. Aber Nuri und Abdurahman kommen einen dunklen Weg vom Berg herunter, nehmen mir den Besen aus der Hand und sagen irgendetwas. Dann packen sie eines der fertig gefegten Bettgestelle und tragen es den dunklen Weg hoch. Ich hinterher, ohne Bett und ohne Besen, arbeitslos. Als wir Bäume und Gestrüpp hinter uns gelassen haben, stehen wir plötzlich mitten drin in der Wüste! Vor uns ist nur noch Sand, Dünen und ein strahlender Vollmond. Hier ist es gar nicht mehr so finster, hier ist klare, frische Wüstenvollmondnacht. Nachdem vier Betten oben im Sand stehen und auch alle Decken und Kissen heraufgeschleppt wurden, heißt es: Ab mit dir ins Esszimmer!

Der jüngere der beiden Männer bringt uns Tee. „Wir haben für euch zwei Betten in die Mitte gestellt", erklärt Nuri, „und für uns je eins rechts und links daneben. Um euch zu beschützen." Vor was werdet ihr uns beschützen, ihr Lieben? Vor was auch immer, ich finde, es ist eine nette Idee. Zuerst einmal gibt es aber Abendessen, mehrere Gerichte, die die beiden Männer inzwischen gezaubert haben. Es schmeckt gut und auf unserem Kang und um den großen flachen Tisch herum ist es richtig gemütlich. Ein Kang ist ein Podest, das von unten beheizt werden kann. Man kennt es in ganz Nordchina und im Winter muss es sehr angenehm sein, beim Sitzen und Schlafen von unten her gewärmt zu werden. Jetzt ist er noch nicht beheizt, obwohl es draußen schon ziemlich kühl geworden ist. Wir werden uns warm anziehen müssen für diese Nacht.

Ahmedjan hat keine Lust auf Wüste, er bleibt lieber hier im Esszimmer und sucht sich schon mal ein paar Decken. Christiaan hat auch nicht viel Lust auf nächtliche Wüste, will aber trotzdem mit auf den Berg. Ob Abdurahman Lust auf Wüste hat, das weiß ich nicht, aber ich möchte es stark bezweifeln. Da er aber als Beschützer eingeteilt wurde und außerdem seine Dankbarkeit unter Beweis stellen will, beißt er stillschweigend in den sauren Apfel. Ich glaube, Nuri und ich sind heute Abend die einzigen Abenteuerlustigen, die sich auf eine Nacht in der Wüste freuen.

Jetzt brauchen wir noch unsere warmen Sachen aus dem Koffer. Ahmedjan muss leider noch einmal raus aus den Federn und das Auto aufschließen, Koffer herauszerren, Taschenlampe suchen, Kofferschlüssel suchen, Koffer aufschließen und warme Hosen herauswühlen, dicke Socken, Zahnbürste und was man sonst so alles braucht. Den anderen Koffer bitte auch, da ist meine warme Strickjacke drin. Wie soll ich denn bei diesem Licht den Schlüsselcode richtig einstellen? Ich kann kaum etwas sehen, aber endlich hab ich es bei dem wackelnden Taschenlampenlicht geschafft und meine Jacke gefunden. Bloß schnell jetzt, Christiaan wird schon ungeduldig. Ich buddele verzweifelt nach Nuris Geburtstagsgeschenk, denn der Gute hat morgen Geburtstag und dann kann ich unmöglich noch einmal anfangen, den Koffer umzugraben. Als ich glücklich die richtige Tüte gefunden habe, ist es mit der Geduld von Ehemann und Fahrer vorbei und die Koffer müssen wieder weggeräumt werden. Eigentlich hätte ich auch gern warme Socken und eine andere Hose, aber ich nun muss ich mich lieber beeilen und die Tüte mit dem Geschenk im Rucksack verschwinden lassen. Hoffentlich sind unsere Decken warm genug.

Ich hatte mir vorgestellt, dass es nachts in der Wüste absolut still und absolut dunkel ist. Gerade das wollte ich sehr gern einmal erleben. Etwas ganz Ungewöhnliches, ganz nahe an der Natur, allein mit dieser wunderschönen, seltsamen Landschaft. „Siehst du diese Sterne? Das ist …" Ich hab's vergessen. Ich fand sowieso, dass der Mond viel zu hell schien und die Sterne verblassen ließ. Es war gar nicht richtig dunkel und es sollte die ganze Nacht nicht richtig dunkel werden, weil der Mond von einem Ende des Himmels zum anderen über uns hinwegwanderte. Es war auch nicht richtig still. Das Bellen eines Hundes aus dem fernen Dorf oder das Rascheln eines Vogels in den nahen Bäumen hätte nicht gestört, aber es waren auch Lastwagen zu hören, die über eine Landstraße in die Wüste hinein zu einem Steinbruch fuhren. Zwar war die Straße weit weg, aber nachts trägt der Wind solche Geräusche über sehr große Entfernungen. Zum Glück blies kein starker Wind, denn meine Kamera musste neben meinem Kopfkissen übernachten, damit ich morgens früh, sobald es genug Licht gab, meine eingemummelten, schlafenden Beschützer fotografieren konnte.

Jeder weiß, dass es in der Wüste am Tage heiß und in der Nacht kalt ist. Und in der Tat wurde es kalt! Es wurde sogar sehr kalt! Die Decken wärmten zwar recht gut und ich brauchte meiner langen Hose nicht allzu doll nachzutrauern, aber der Kopf musste immer mit unter der Decke stecken, sonst schien die kalte Luft die Wangen geradezu zu verbrennen.

Endlich erscheint ein schmaler Streifen Orange am Horizont. Der Mond ist hinter unsere Köpfe gewandert. Der Muezzin ruft zum Gebet „Allahhu akbar", ein Hahn kräht. Zum Fotografieren reicht das Licht noch nicht aus. Aber ganz bald, dann werde ich leise aufstehen und ein Bild von unserem schlafenden Geburtstagskind machen. Denkste! Dieses Geburtstagskind macht mir einen Strich durch die Rechnung, schält sich aus den Decken, zieht Schuhe an und wandert ganz allein die Düne hinauf.

Jetzt aber schnell aus dem Bett, rein in die Sandalen und Nuri hinterher. Er ist schon weit. Hoch oben auf einer Düne steht er und träumt in die Ferne hinein. Hier ist er zu Hause. Dies ist seine Heimat. Seine Heimat, der er sich eng verbunden fühlt. Ich weiß, dass er die Wüste liebt. Ich weiß auch, dass er sich Sorgen macht. Die Städte breiten sich aus, weil Chinesen aus dem Osten und junge Leute aus den Dörfern zuwandern. Immer mehr Industrieanlagen werden gebaut, nach Erdöl wird gebohrt, viele andere Bodenschätze, sogar Steine werden abgebaut. Die Wüste geht kaputt. Sie ist nichts wert, sagen alle diejenigen, die nach Gewinn streben. Was soll man mit dieser Öde tun? Wenn es eine Möglichkeit gibt, sie nutzbar zu machen, dann tun wir das. „Die Erde kann atmen", sagt dagegen Nuri traurig. „Die Wüste ist Natur und sie lebt wie anderes Land auch. Sie sollte Wüste bleiben."

Wüste sollte Wüste bleiben und Oasen sollten Oasen bleiben. Aber die Menschen mischen sich ein und möchten alles nach ihren eigenen Vorstellungen gestalten. Die Wüste ist zu groß und die Oasen sind zu klein. Wenn man neue Flächen künstlich bewässert, kann der landwirtschaftliche Ertrag enorm erhöht werden. Schon in früher Zeit, seit der Westlichen Han-Dynastie (207 v. bis 9 n. Chr.) kennt man in dieser Region um Turpan das Karez-System, eine Technik der Wassernutzung, die schon früher in Persien entstanden war. Dies sind unterirdische Kanäle, durch die Quell- und Schmelzwasser aus den

Tianshan-Bergen vor Verdunstung geschützt in die Oasen geleitet wird. Durch Schächte in regelmäßigen Abständen werden die Kanäle sauber gehalten und gewartet. Da im Jahr nur etwa 16 mm Niederschlag fallen und wegen der trockenen Hitze ein Vieltausendfaches verdunstet, ist dieses unterirdische Bewässerungssystem von immenser Bedeutung. Es funktioniert zum Teil heute noch, aber zusätzlich zu diesem Wasser wird auch das Grundwasser angezapft, so dass der Grundwasserspiegel an manchen Orten schon 200 Meter tief liegt. Und immer neue Brunnen werden gebaut. Ohne elektrisch betriebene Brunnen könnten die Bauern gar nicht mehr überleben. Die staatlichen Großfarmen verbrauchen enorm viel Wasser. Noch gibt es reichlich Schmelzwasser, weil wegen der Klimaerwärmung die Gletscher abschmelzen, aber auch damit wird es einmal vorbei sein. Um eine Tonne Erdöl zu fördern, benötigt man eine Tonne Wasser, ganz abgesehen von dem vielen Wasser, das die Menschen verbrauchen, die dafür arbeiten. Welche Gedanken mögen Nuri wohl durch den Kopf gehen, dort oben auf der Düne? Ist er traurig, weil die Zukunft seines Landes nicht gut aussieht, oder ist er froh, weil er zu Hause ist?

Ich werde ihn stören. Egal, ich will jetzt auch da oben stehen und in die Ferne schauen. Erst geht es in ein Tal hinab, dann wieder hoch, immer höher, manchmal versinken die Füße im Sand. Das kostet Kraft. Aber, sieh nur, meine Kamera: Die Sonne geht auf! Im Osten ist der Himmel feurig orange und die Sonne schaut vorsichtig über einen Dünenkamm. Unglaublich: Sonnenaufgang in der Wüste! Ist das nicht schön? Viel mehr sagen wir nicht. Was soll man schon sagen in dieser überwältigenden Natur?

Ich habe einmal eine Beschreibung der Wüste von Sven Hedin gelesen, die mir sehr gefällt[16], auch wenn ich nicht wie er große Lust habe, monatelange, entbehrungsreiche Kameltouren durch

---

16   Geleitwort zu Fritz Mühlenweg: Null Uhr fünf in Urumtschi, 1950

die Taklamakan zu machen, aber nachempfinden kann ich sie voll und ganz, und heute Morgen besonders. „Das innerste Asien ist eine Welt für sich, ungleich allen anderen Gebieten auf der Erde. Wo gibt es eine Landschaft, die endlosere Weiten, fernere Horizonte als die Wüste Gobi[17] bietet? Wo kann man monatelang streifen, ohne an ein Ende dieser ewig einförmigen, aber gerade darum umso großartigeren Wüste zu gelangen, eines Landes, wo der Horizont wie auf dem Weltmeer dauernd entschwindet? Und genauso wenig wie auf dem Meer kann man jemals der gleichförmigen Einsamkeit und Größe der Wüste müde werden. Je tiefer man in ihre rätselvolle Mystik eindringt, umso mehr wird man von ihrer wunderbaren Stimmung berauscht und bezaubert."

Dort, wo die Wüste zu Ende ist, liegt ein Streifen dunkelgrünen Pappelwaldes, dahinter ist die Stadt Pichan zu sehen. Noch weiter, ganz fern und klein, sind Bohrtürme zu erkennen. Ich fürchte, im Augenblick hat Nuri es gerade nicht leicht, seine Gefühle in den Griff zu bekommen. Doch jetzt sehen wir aus der anderen Richtung, von dort, wo wir geschlafen haben, Christiaan die Dünen heraufsteigen. „Ich laufe jetzt, ja?" Nuri, das Wüstenkind, springt davon, mit einer kleinen Sandwolke an den Fersen, und ist im Nu unten auf der kleineren Düne, wo sich die beiden Männer treffen. Bei mir geht es deutlich langsamer, denn ich finde das Hinunterrutschen auch nicht viel weniger anstrengend als das Heraufpusten, aber schön ist es trotzdem. Ich genieße den Sand. Ich bewundere die Formen der Dünenkämme, die Muster am Boden, die schönen Wellen im Sand, sogar ein paar winzige Spuren von irgendeinem Tier, das hier nachts unterwegs gewesen ist. Ich denke an die Haut, auf der das kleine Tier und wir Menschen jetzt Spuren hinterlassen haben. Unsere Spuren werden bald wieder verschwunden sein. Sie haben die Haut nicht ernsthaft verletzt, nur ein

---

17   s. Seite 6: Hier ist die Sandwüste in der Inneren Mongolei gemeint, die der Taklamakan aber sehr ähnelt.

bisschen zerdrückt, und morgen oder übermorgen wird hier wieder alles glatt sein, oder Riffel oder Wellen oder ein anderes hübsches Muster. Der Sand ist orangefarbig, anders als in Tazhong, wo er eher sandig-rosa aussah. Hier, vor allem bei dem Licht der Morgensonne, ist alles fast leuchtend orange.

„Wenn die Sonne in glühendem Brand untergeht, scheint es, als spiegle der ganze westliche Horizont einen fernen Steppenbrand wider. Der rote Glanz färbt die Hänge der Dünen, und man glaubt durch ein Meer glühender Lava zu wandern."

Es ist nicht meine Art, mich so pathetisch auszudrücken wie Sven Hedin zu seiner Zeit, aber der Sonnenaufgang an diesem Morgen kommt seinem Bild doch schon sehr nahe.

Als wir an unseren Schlafplatz zurückkommen, ist Abdurahman schon aufgestanden und räumt bereits die Decken zusammen. Ich glaube, sein Lächeln ist heute Morgen ein wenig eingefroren. Auch Christiaan hat unter der Kälte mehr gelitten als ich. Das tut mir leid. Ich fand es toll. Ich fand es zwar auch schrecklich kalt und habe kaum geschlafen, aber was zählt schon die Kälte gegen diese wunderbare Schönheit der Natur? Und nun bekommen wir ja bald warmen Tee. Der ältere der beiden Männer und unsere drei Uiguren unterhalten sich lange und ungewöhnlich lebhaft. Erst nach einer Weile erfahren wir, worum es geht: Der jüngere Mann, ein entfernter Verwandter, der hier im Sommer ausgeholfen hat, ist über Nacht mit Motorrad, Handy und Geld verschwunden. Es sei nicht das erste Mal, klagt der Mann. Schlimm. Was soll er nur machen? Nun kann er nicht ins Dorf fahren, um uns etwas zum Frühstück zu kaufen. Bald darauf ist auch er ins Irgendwo verschwunden, so dass wir ihn seinem Schicksal überlassen, unsere Sachen packen und nach Pichan fahren. Das ist nicht weit und fürs Erste begnügen wir uns mit meinen letzten Walnussplätzchen und ein paar Weintrauben von den Reben am Zaun.

Pichan

In einem kleinen Schnellimbiss bekommen wir warmen Tee, frisch gebackenes, heißes Nan-Brot, Samsa und die drei Uiguren sogar auch eine Riesenschüssel Nudelsuppe. Sofort erstrahlt Abdurahmans Lächeln wieder in gewohnter Wärme. Dann fahren wir zu Nuris Mutter. Der Vater ist zurzeit in Urumchi, so dass wir ihn leider nicht kennenlernen können, aber Nuris Mutter, Maryängül, empfängt uns sehr herzlich. Ich freue mich, sie zu sehen. Ich weiß schon vieles über sie und es war mir klar, dass ich sie gernhaben würde. Leider können wir kaum miteinander sprechen. Die paar Wörtchen, die ich auf Uigurisch sagen kann, nützen nicht viel, aber ihre Geschichte kann ich trotzdem erzählen:

Sie ist im Norden Xinjiangs, in der Stadt Bortala, als eines von sechs Kindern aufgewachsen. Ihre Mutter war schon mit dreizehn verheiratet worden, als sie noch ein halbes Kind war. Klein und zart, hatte sie als junge Hausfrau täglich Wasser vom Fluss holen müssen, so wie es üblich war, in zwei Eimern, die man an einer Tragstange über der Schulter trägt. Und weil sie noch so klein war, stieß jedes Mal, wenn sie über die hohe Schwelle des Hauses trat, einer der Eimer gegen diese Schwelle, so dass das Wasser überschwappte. Sie wurde mit der Zeit größer und die Eimer stießen nicht mehr gegen die Schwelle, aber das Leben war trotzdem sehr hart. Ihr Mann starb, von einem zweiten wurde sie geschieden. Die Kinder wuchsen heran, wurden selbständig und zogen in die Ferne. Nur ein starker Glaube ist ihr geblieben. Sie ist heute eine sehr alte und sehr fromme Muslimin.

Maryängül, die älteste Tochter ihres zweiten Mannes, war ein kluges, hübsches Mädchen. Mädchen müssen heiraten. Am besten sucht man schon frühzeitig einen geeigneten, wohlerzogenen Mann, wenn möglich aus der weiteren Verwandtschaft,

„damit man weiß, was man hat". Dann wird eine Familie gegründet und man bekommt Enkelkinder. So war es immer und so ist es auch heute noch häufig. Natürlich haben heutzutage junge Leute, die in der Stadt aufwachsen und einen Beruf erlernt haben, auch die Chance, sich selbst einen Partner zu suchen, aber oft helfen Verwandte und Bekannte bei der Suche nach dem Richtigen, und ohne die Zustimmung der Eltern wird nur äußerst selten eine Ehe geschlossen. Der Familienzusammenhalt ist bei den Uiguren sehr stark.

Mit sechzehn sollte Maryängül einen älteren Cousin heiraten. „Nein!" Sie wollte Lehrerin werden, nicht heiraten, und erst recht nicht jemanden, der so viel älter war als sie. „Ich will studieren und ich gehe nach Urumchi, allein." „Nein!" Wo gab es denn so etwas: ein Mädchen, das Nein sagt; ein Mädchen allein in einer fremden Großstadt; ein Mädchen, das arbeitet und selbst seinen Lebensunterhalt verdient? Völlig undenkbar. Nicht so für Maryängül. Sie sammelte Informationen, sprach mit ihren Lehrern, traf Vorbereitungen, packte ein paar Habseligkeiten zusammen und ging eines Morgens zu dem Platz in der Stadt, wo Lastwagen abfuhren und gern auch Fahrgäste mitnahmen. Züge und Busse gab es damals nicht. Wenn man reisen wollte, konnte man einen Platz auf der Ladefläche eines Lastwagens mieten.

Maryängül machte sich entschlossen auf den Weg in die unbekannte Welt und kletterte auf einen Laster, der in Richtung Urumchi fuhr. Die Reise sollte vier Tage dauern. Ein bisschen mulmig wurde ihr jetzt doch: Was erwartete sie? Wie würde es sein, ohne Familie, so ganz allein? Sie war noch nie allein gewesen. Und was würde die Mutter sagen, wenn sie bemerkte, dass ihre Tochter tatsächlich fort war. Ohne Erlaubnis. Außerdem war es unbequem. Auf dem Gepäckbündel konnte man zwar weich sitzen, aber was würde sein, wenn es regnete? Und die anderen Fahrgäste? Die guckten schon neugierig und rätselten, warum dieses junge

Mädchen allein auf Reisen ging? Ach was, Maryängül war mutig und neugierig und schaute nach vorn. „Maryängül!" Maryängül schaute nicht mehr nach vorn, sondern zurück, denn dort auf den Weg kam ihre Mutter angelaufen. „Maryängül, komm sofort da runter!" Jetzt konnte sie nicht Nein sagen, denn alle Blicke waren auf sie gerichtet. Zögernd kletterte sie vom Laster. „Was denkst du bloß, Kind? Allein nach Urumchi ... studieren ...!" Zum Glück war auch der Schulleiter da. Er kannte seine Schülerin sehr gut und war sicher nicht ganz unschuldig an ihrem Entschluss gewesen. Besänftigend sprach er mit der Mutter, beruhigend, verständnisvoll, erklärte, wie wichtig es für die Tochter sei, mehr zu lernen, selbständig zu sein, eine eigene Zukunft aufzubauen, dem Volk zu dienen, eine neue Zeit ... Es war die Zeit des Kommunismus, in der Kinder nicht mehr blind den Eltern folgten, wie es früher üblich war. In ein paar Jahren schon würden Jugendliche auf Geheiß des Staates als Rote Garden alles Alte umstürzen und Angst und Schrecken verbreiten. Doch solche Gedanken waren Maryängül und ihrem Lehrer fern, ihnen ging es allein um Vernunft, Glück und eine sinnvolle Zukunft. Am Ende lenkte die Mutter ein, der Lastwagen fuhr davon und das Abenteuer begann.

Maryängül studierte vier Jahre lang. Sie war in einem Heim mit anderen Mädchen untergebracht, lernte fleißig, arbeitete in den Ferien auf Baustellen oder wo immer sie Arbeit fand. Nach Hause zu fahren und die Familie besuchen, konnte sie sich nicht leisten. Das war viel zu teuer. Die Fahrtkosten allein wären für ihre Verhältnisse zu hoch und außerdem hätte sie für alle Geschwister und nahen Verwandten Geschenke kaufen müssen. Ohne Geschenk kann ein Uigure keinen Besuch machen, nicht einmal das Kind bei seinen Eltern. Erst am Ende ihres Studiums fuhr sie einmal heim, und noch heute hat sie ein Foto, auf dem ihre jüngeren Brüder die Matrosenhemden tragen, die sie ihnen damals mitgebracht hatte.

Uiguren sind sehr heimatverbunden. Heimat und Familie sind ihnen extrem wichtig, doch während der Mao-Zeit war es gang und gäbe, die Menschen irgendwo im Land hin- und herzuschicken und ihnen Arbeitsplätze zuzuweisen, die Hunderte oder Tausende von Kilometern weit entfernt lagen. Viele Familien wurden damals auseinandergerissen oder, wenn sie Glück hatten, durften sie zusammen in eine ferne unbekannte Heimat ziehen. Maryängül wurde nach Abschluss ihres Studiums als Lehrerin an eine Oberschule in Pichan geschickt, noch zwei Tagereisen weiter weg von zu Hause. Das Gute an der Sache war: Sie traf dort einen charmanten Mathematiklehrer. Wir haben ihn nicht kennengelernt, aber da ich einen seiner Söhne kenne, bin ich mir sicher, dass Maryängül für ihren jugendlichen Mut belohnt wurde und das Schicksal es am Ende gut mit ihr gemeint hat.

Nach einem zweiten Frühstück, einer kleinen Schlaf- bzw. Schreibpause fährt Abdurahman mit dem Bus nach Turpan zurück und wir anderen machen eine Rundtour durch die Stadt. Es ist eine kleine, eher unbedeutende Stadt und im Internet steht kaum etwas über Pichan. Nur einen einzigen Eintrag aus einem Reisebericht hatte ich gefunden: „a small town floating on the desert". Das hatte mir gefallen, klingt heimelig, beinahe romantisch. Nuri hatte ja auch immer von seinem „Dorf" gesprochen. Nur, das stimmt ja gar nicht! Pichan ist modern, hat viele neue Wohnblocks, sogar ein Hochhaus, ebenso überdimensional breite Straßen für kaum ein Auto wie Niya, weite, bewässerte Grünanlagen und Blumenrabatten, einen Volksplatz, der es in seinen Ausmaßen schon fast mit dem Tian'anmen-Platz von Peking aufnehmen kann, aber viel schöner ist mit seinen mehrfarbigen, spiegelblank polierten Granitplatten. In der Mitte steht ein modernes Kunstwerk in rot und gelb, das vor dem blauen Himmel ein interessantes Fotomotiv abgibt, das aber dem Parteisekretär, der es in Auftrag gegeben hatte, seinen Posten gekostet hat. Es war wohl der Gipfel von

Verschwendung und Korruption gewesen und selbst in China kann das einem Beamten zum Verhängnis werden. Die Stadt hat sich seit etwa fünf Jahren rapide ausgebreitet. Seitdem in der Nähe Erdölvorkommen entdeckt wurden, sind viele Han-Chinesen aus Zentralchina zugezogen. Früher, erzählt Nuri, als er jung war, hat man hier selten einen Chinesen gesehen, jetzt dagegen überall. Wo er früher im Sumpfland gespielt hat, wird jetzt Wein angebaut. Die Flüsse und Bäche sind verschwunden. Jetzt sind es Straßen oder ausgetrocknete Rinnen. Da, wo der See war, in dem er schwimmen gelernt hat, stehen Einfamilienhäuser. Wo vor einigen Jahren noch Wüste war, reihen sich Geschäfte aneinander, die Bagger und Baugeräte verkaufen. Ich sehe Traurigkeit in Nuris Augen. Er weiß um die Gefahr, die dieser rasante Fortschritt mit sich bringt. Würde man nachhaltiger planen und nicht so unüberlegt und kurzsichtig alles vorantreiben, wäre die Lage nicht gar so schlimm. Aber nun muss er hilflos mit ansehen, wie die Natur seines Landes zerstört wird.

Nach dem Mittagessen besuchen wir Nuris Elternhaus, in dem jetzt seine ältere Schwester mit ihrer Familie lebt. Eine schöne Frau. Sie trägt kein Kopftuch wie ihre Mutter und die meisten älteren Frauen. Aber leider haben ihre kleinen Zwillinge Angst vor uns fremden Gästen und weinen jedes Mal, wenn sie uns sehen. Wir bleiben nicht lange, gehen ein bisschen durch den Garten und die alten Straßen. Die behaglichen Wohngegenden von damals verdorren langsam. Ein Nachbarehepaar, dem wir auch einen kurzen Besuch abstatten, wird bald in eine Stadtwohnung umziehen, weil es hier nicht mehr genug Wasser gibt. Die Weinranken, die früher Schatten spendeten, sind halb vertrocknet. Man muss den Hof jetzt mit Strohmatten vor der Sonne schützen, und für die wenigen Tiere, die sie noch haben, reicht das Wasser auch nicht mehr. Heute Morgen auf dem Volksplatz hatte ich die vielen schönen Blumen bewundert. Es sah wirklich hübsch aus, frisch und bunt. Ich weiß aber, dass sie Tag und Nacht bewässert werden müssen und dass kaum jemand auf dem Volksplatz spazieren geht und sich an ihnen erfreut. Es kommen so gut wie keine Touristen nach Pichan, die man mit dieser Pracht beeindrucken könnte. Am Abend treffen sich dort junge Leute zum Skateboard-Fahren und Basketball-Spielen oder Chinesen zum Tanzen, aber sie achten dann sicher nicht auf bunte Blumen. Vielleicht achtet überhaupt niemand auf sie, denn am Morgen hatte ich ein Beet gesehen, in dem die Bewässerungsdüse defekt war, das Wasser auslief und eine so große Pfütze bildete, das die Blumen schon darin ertranken.

Vielleicht kann man Pichan stellvertretend für das ganze moderne China sehen: Es wird vorangetrieben, es wird alles schön und modern gemacht, ohne an das zu denken, was auf der Strecke bleibt, weil es nicht unmittelbar Geld oder Ansehen bringt, und ohne an das zu denken, was in Zukunft sein wird. Als Nuri uns den Garten seiner Eltern zeigt, in dem die Schwester nur mit Mühe ein paar Gemüsepflanzen am Leben erhält, muss ich wieder an die ertrunkenen Blumen auf dem Volksplatz denken und kann sehr gut verstehen, wie weh ihm ums Herz ist.

Eine kleine Geschichte erzählt uns Nuri am Rande, die zwar nichts mit Wasserverschwendung oder kurzsichtiger Umweltplanung zu tun hat, dafür aber mit der umso weitsichtigeren Planung anderer Dinge in diesem Staat: Nuri war ein kleiner Bub in der ersten Klasse, als Mao Zedong 1976 starb. Große Staatstrauer. Überall im Land wurden Gedenkfeiern abgehalten, so auch in seiner Schule. Nacheinander wurden alle Klassen in die Versammlungshalle geführt und in Reih und Glied aufgestellt. Damit im entscheidenden Augenblick auch wirklich alles reibungslos klappt, hatte der Lehrer vorher mit seinen Schülern einstudiert: bei Eins – rechte Hand in die rechte Hosentasche, bei Zwei – Taschentuch herausziehen, bei Drei – weinen und Tränen abtrocknen.

Später fahren wir noch etwas weiter hinaus aufs Land, denn Nuri möchte uns alles zeigen, was ihn an seine Kindheit erinnert oder was für uns interessant sein könnte. Zum Beispiel ein Karez-Schacht. Auf einer völlig öden, grauen Steinchen-Ebene sieht man eine ganze Reihe von solchen Löchern, alle umgeben von einem Kranz aus grauen Steinchen. Tief unten ist Wasser. Wenn man eines der Steinchen hineinwirft, hört man nach einer Weile ein Plumpsen, aber sehen kann man das Wasser nicht. Es ist jedoch ein Beweis dafür, dass das Karez-System hier noch intakt ist. Einmal im Jahr müssen alle Schächte gereinigt werden. Aber wer möchte schon in einen so tiefen Schacht steigen? Die Kanäle sollen so geräumig gebaut sein, heißt es, so dass ein Mann bis zum nächsten Schacht aufrecht gehen kann. Steine und Abfall werden dann in Eimer gefüllt und mit Hilfe einer Art Seilwinde nach oben gezogen. Man ist heute wieder sehr bemüht, das Karez-System zu erhalten, weil Wasser immer knapper wird und der Grundwasserspiegel zum Teil schon bedrohlich gesunken ist.

Wir sehen auch ratternde Brunnenhäuschen und Felder mit Mais, Sorghumhirse, Baumwolle, Wein oder Gemüse. Zwischen einigen Rosinenhäusern werden gerade Rosinen „gefegt": Große Flächen von mehr oder weniger verschrumpelten Weinbeeren liegen zum Trocknen im Sand oder werden mit Reisigbesen zusammengescharrt. Staub wirbelt auf. Das sieht großartig aus. Ich liebe Bilder von aufwirbelndem Staub im Gegenlicht. Das wirkt so geheimnisvoll, wüstenhaft. „Halten wir mal an, bitte!" Ach, ist das schön! Endlich bekomme ich ein paar Staubbilder. Als Nuri mir zum ersten Mal seine Fotos aus Xinjiang zeigte, fand ich die mit Sonne und Staub am faszinierendsten. Sie waren wunderschön. Wolken, die im Sonnenlicht schimmerten. Und nun hier diese eigenartige Situation: eine Gruppe von Männern, die Rosinen zusammenfegen! „Macht nicht so viele Fotos!", bittet der Vorarbeiter. „Wenn ihr die Bilder ins Internet stellt, will niemand mehr unsere Rosinen kaufen." Keine Angst, das tun wir nicht. „Sie kommen später noch in eine Entstaubungsanlage", versichert er. Na, hoffentlich. Wenn die Weinbeeren zehn bis fünfzehn Tage in der Sonne liegen, sind sie fertig, aber braun. Wenn sie in den Trockenhäusern aufgehängt werden, bleiben sie grünlich, aber es dauert länger, sofern man nicht ein Konservierungsmittel zugibt. Diese hier im Staub sind absolut naturrein. Natur- ja, -rein, na ja. Übrigens müssen im Winter alle Weinstöcke abgedeckt werden, weil sie sonst erfrieren würden. So extrem heiß, wie es im Sommer hier wird, so extrem kalt ist es im Winter. Und à propos Staub: Staub ist in Xinjiang etwas ganz Alltägliches. Vor allem in den Monaten März bis Juni müssen die Menschen fast ständig damit leben, in manchen Gegenden sogar an 250 Tagen im Jahr. Auch fliegt er gelegentlich bis nach Peking, Korea und Japan, wo man sich bereits über den chinesischen Staub beschwert und Umweltmaßnahmen fordert. Abgesehen von den Unannehmlichkeiten und Gefahren für die Gesundheit setzt sich der Staub auch auf den Blättern der Bäume ab und verhindert die Photosynthese. Die Parkbäume, die mit diesem Klima nicht vertraut sind, müssen daher regelmäßig geduscht werden, wenn sie überleben sollen.

Am Abend gehen wir auf dem Nachtmarkt essen, damit Maryängül nicht schon wieder kochen muss. Es tut mir leid, sie allein zu Hause zu lassen, wo doch gerade ihr Sohn zu Besuch ist, aber der versichert mir: „Sie ist gern zu Hause. Sie liest ein Buch oder macht was, ganz still für sich." In Berlin bleibe ich auch gern abends zu Hause und genieße die Gemütlichkeit, aber wenn mein Sohn nach vielen Monaten endlich wieder einmal da wäre und morgen schon wieder abreiste, ich glaube, dann würde ich entweder mitgehen oder furchtbar traurig sein. Ich bin sowieso ganz anders als sie. Seitdem ich sie kenne, denke ich oft über mein eigenes Alter nach. Es heißt: Man ist so alt, wie man sich fühlt. Ich bin ungefähr ebenso alt wie sie, aber ich glaube, bei dem Fühlen liegen Welten zwischen uns. Ich finde Maryängül schön. Sie trägt ein langes blau gemustertes Kleid und ein golddurchwirktes Kopftuch. Das sieht viel seriöser aus als meine halblangen Hosen, in denen auch ein junges Mädchen herumlaufen könnte. Ihre Augen sind ausdrucksvoll und warm, wenn auch nicht ganz so samtig weich wie die ihres Sohnes, und es liegt eine gewisse Bestimmtheit in ihnen, aber eine sanfte Bestimmtheit, falls es so etwas gibt. Sie strahlt Ruhe aus und die feine Würde einer älteren Dame. Bin ich auch eine „ältere Dame"? Bei uns gilt es als Kompliment, wenn jemand sagt: „Du siehst viel jünger aus, als du bist." Aber warum eigentlich? Warum ist es gut, jung auszusehen, wenn man gar nicht jung ist? Ich bin halt so, wie ich bin, laufe barfuß in die Wüste hinein und klettere auf Viehlaster, wenn ich von oben ein besseres Foto machen kann als von unten, aber ist das besser als einfach eine „ältere Dame" zu sein? Ich glaube, ich werde in meinem Leben noch sehr oft über Maryängül und ihre stille, feine Würde nachdenken.

Zum Frühstück bekommen wir dieses Mal Brot mit Möhrenmarmelade und Halva. Nicht solches Halva, wie wir aus Griechenland kennen, sondern eine selbst zubereitete Süßspeise aus Mehl. Seit beinahe drei Wochen haben wir außer gelegentlich ein paar Wassermelonenstücken nichts Süßes zum Frühstück gehabt, immer nur Gerichte mit Gemüse und Fleisch oder Eier, dünne Reissuppe oder dicke Maissuppe. Ein Stück Nan-Brot mit Marmelade, das ist für mich nach so langer Zeit ein wahrer Hochgenuss.

Dann brechen wir schon bald auf, denn heute wird sich der Kreis schließen. Unsere Reise um und durch die Wüste wird zu Ende gehen. „Haben wir alles gesehen? Kannst du dir jetzt ein Bild von den Uiguren machen?", hatte Nuri beim Frühstück gefragt. „Oder fehlt noch etwas?" Nach einer Weile war mir eingefallen: Musik und Tanz. „Dann gehen wir in Urumchi zu einer Hochzeit. Da gibt es immer Musik und Tanzvorführungen." „Wir können doch nicht einfach zu irgendeiner Hochzeit gehen!" „Ach, ich finde schon eine. Irgendjemand heiratet immer."

Zuerst fahren wir an zahllosen Steinbearbeitungsbetrieben vorbei. Granit und Marmor, Staub und hohe Stacheldrahtzäune. Fertig geschliffene Formen und gewaltige rohe Gesteinsbrocken. Alle kommen aus der Wüste, von dort, wohin vorletzte Nacht all die Lastwagen gefahren sind, die wir von unserem Wüstenbett aus gehört haben. Hier werden sie verarbeitet und nach überallhin verkauft. Anschließend legen wir noch einen kurzen Halt in Turpan ein, weil Abdurahman uns eine Tüte mit Rosinen vom Emin-Minarett überreichen will. Abdurahman strahlt. Aber er muss ganz schnell wieder zur Arbeit und wir verabschieden uns für ... wie lange? „Ich komme mit meiner Familie nach Berlin ... ganz bestimmt. Irgendwann!" Er macht sich ganz klein auf seinem kleinen Motorroller und braust mit einem strahlenden Lächeln davon.

Auch wir machen uns wieder auf den Weg. Wir haben ein bequemes, klimatisiertes Auto und einen Fahrer, der uns immer sicher ans Ziel bringt. Nuri erzählt von früher, als es noch nicht solche Autos gab. Kaum jemand besaß überhaupt ein Auto, als er Kind war. Man reiste mit Eselkarren oder mit einem Lastwagen, wenn es für Esel zu weit war. Er allerdings hatte das große Glück gehabt, dass einer seiner Onkel einen alten Pick-up besaß, und wenn die Familie einmal nach Turpan wollte, dann durfte er hinten auf der Ladefläche sitzen und die Landschaft an sich vorbeiziehen sehen. Das fand er großartig. Er fühlte sich dann wie ein König, der durch sein Königreich fährt. Es war sicher auch damals keine königlich-prächtige Landschaft, sondern steinige Wüste, aber für ihn war es seine Heimat und eine wundervolle Landschaft, die sich ihm bis heute tief ins Herzen gegraben hat.

Kurz nachdem wir die Stadt verlassen haben, gabelt sich die Straße. Ahmedjan und Nuri beraten sich. Wir wollen nach Urumchi, das ist die Hauptstadt, und wenn man es recht bedenkt, dann müsste die bessere der beiden Straßen eigentlich dorthin führen. Schilder oder Wegweiser gibt es nicht. Also entscheiden sie sich für die Straße, die breiter aussieht. Vielleicht führen ja auch beide nach Urumchi, wohin sollten sie denn sonst führen? Wir fahren weiter durch ödes, flaches Land. Mehr als eine halbe Stunde lang. Dann ein Erdwall, ein Schild mit chinesischer Schrift, das drei von uns nicht lesen können, aber wir alle wissen ganz genau, was darauf steht: Straße zu Ende! Mitten im Nichts. Ohne Vorwarnung. Ahmedjan steht davor und staunt. Endlich Zeit, eine Zigarette zu rauchen. Und dann heißt es: Nicht maulen, sondern umkehren! Vielleicht gibt es ja irgendwo eine Verbindung zu der anderen Straße, die wir vorhin nicht gewählt haben. Wieder fahren wir lange, ehe wir in ein kleines graues Dorf kommen. Niemand weiß etwas von einer anderen Straße. Wahrscheinlich besitzt keiner der Dorfbewohner ein Auto, so dass sich ihnen dieses Problem noch nie gestellt hat. Im nächsten Dorf glaubt jemand zu wissen, dass bald eine Abzweigung nach links kommen wird, und da könnten wir es ja versuchen. Die Straße kommt tatsächlich, aber kein Wegweiser, kein Schild, gar nichts.

Am Ende finden wir die richtige Straße nach Urumchi und fahren immer weiter, mehrere Stunden lang, durch die langweilige Landschaft. Es gibt zwar Berge in der Ferne, nämlich die Flammenden Berge, die rot leuchten würden, wenn die Sonne schiene, aber heute sind sie durch Staub und Dunst kaum zu erkennen. Diese Flammenden Berge von Turpan sind erodierte und zerfurchte Sedimentgesteine. Nach einer chinesischen Legende entstanden sie, als der Affenkönig Sun Wukong, der im Jahre 627 den buddhistischen Mönch Xuanzang auf seiner Pilgerreise nach Westen begleitete, gegen einen Dämon und dessen feurige Flammenwand kämpfte. Laut einer uigurischen Sage dagegen, als ein Held einen Kinder fressenden Drachen tötete und in acht Stücke zerhackte, so dass sein Blut die Berge rot färbte.

Später, bei Dabancheng, stehen auf der Ebene zwischen Bergen und Autobahn Windräder, soweit das Auge reicht. Es ist einer der größten Windparks in China, vielleicht sogar auf der ganzen Welt. China setzt seit einigen Jahren stark auf Energie aus Windkraft. Obwohl es immer noch den weltgrößten Anteil am CO_2-Ausstoß durch Kohleverbrennung hat, weiß man, dass hierin die Zukunft liegt. China baut sogar schon selbst Windkraftanlagen, wenn sie auch noch nicht ganz so gut funktionieren wie die deutschen. Aber es tröstet uns sehr, dass es in diesem Land auch Anzeichen für Umwelt- und Klimaschutz gibt.

Nachdem wir in Urumchi angekommen sind, Mittag gegessen, geduscht und ein wenig ausgeruht haben, warten wir auf Nuris Anruf: „Ich habe eine Hochzeit gefunden. In einer Stunde hole ich euch ab." Er führt uns zu einem sehr feinen Hotel in einen sehr feinen Saal mit vielen sehr fein gedeckten Tischen. Am Eingang begrüßen uns die Braut, eine von Gülmiras Arbeitskolleginnen, der Bräutigam, der ein erfolgreicher Geschäftsmann ist, und einige junge Damen, die über die Gäste und ihre Geldgeschenke Buch führen. Dass wir gar nicht eingeladen sind, spielt überhaupt keine Rolle. Denn nun sind wir ja mit unserer „Spende" im Buch eingetragen, und irgendwann einmal, wenn wir selbst eine Hochzeit ausrichten möchten, dann können wir von den heutigen Gastgebern auf einem gleichwertigen Unkostenbeitrag zählen. Nur auf diese Weise sind so teure Hochzeitsfeiern zu finanzieren, selbst für einen erfolgreichen Geschäftsmann.

Uns wird ein Platz direkt vor der Bühne zugewiesen und neben ausgezeichnetem Essen bekommen wir auch jede Menge traditioneller und farbenprächtiger uigurischer Tänze zu sehen. Aus nächster Nähe kann ich so viele Fotos machen, wie ich möchte. Wunderschön. Ich hocke zwischen den Tischen am Boden und lasse andere über mich hinwegsteigen. Was die Musik angeht, wäre mir eigentlich eine kleine Dorfhochzeit lieber gewesen, wo vielleicht alte Männer so musiziert hätten wie die auf dem Bild in Nuris Buch, das Bild mit dem Plups. Etwas weniger laut wäre auch nicht übel gewesen, aber trotzdem ist es ein tolles Erlebnis. Dies ist nun einmal keine Dorfhochzeit, sondern eine große uigurische Stadthochzeit. An unserem Tisch sitzen mehrere Russen oder Russisch sprechende und Wodka trinkende Usbeken oder Kasachen oder Esten. Die Herren haben alle ein reizendes, hübsch zurechtgemachtes Frauchen bei sich und verhalten sich sehr business-erfahren. Ein paar wenige Han-Chinesen sind auch unter den Hunderten von Gästen. „Siehst du den chinesischen Beamten da, wie er sich amüsiert?" Er versucht sich mit einer jungen Uigurin im Tanzen und sie bewundert seine unbeholfenen Bewegungen.

Es treten mehrere Sänger und Sängerinnen auf, die offenbar allgemein bekannt sind und heiß umjubelt werden. Jemand erzählt Witze, die wir nicht verstehen. Dann kommt ein Seiltänzer. Seiltanz, uigurisch Dawaz, hat in Xinjiang eine lange Tradition. Es gibt insbesondere in Yengi Shähär eine spezielle Schule, so etwas wie ein Sportinternat, in dem Kinder es schon von klein auf lernen. Jetzt ist über den ganzen großen Saal unter der Decke ein Seil gespannt. Ein neunjähriger Junge in adretter uigurischer Tracht und mit einer langen Balancierstange in den Händen schwebt über uns hinweg, vorwärts und rückwärts, auf einem Bein und in der Kniebeuge. Alles klappt perfekt. Dann das Gleiche noch einmal mit verbundenen Augen. Für einen Moment zittert sein Fuß. Er setzt ihn noch einmal, noch einmal, noch einmal, bis er das Gleichgewicht zurückgewonnen hat. Ich fühle die Anspannung beinahe direkt über unserem Tisch. Was wäre denn, wenn er samt Stange zwischen all den Gästen abstürzt? Ich frage mich, wie man nur so mutig sein kann!

Früher, vor langer Zeit, als ich noch klein war, habe ich einmal einen Seiltänzer über unseren Marktplatz in Kiel laufen sehen, erinnere ich mich jetzt wieder. Hier in Xinjiang ist die

Heimat dieses Sports, man kann seine Geschichte auf mindestens 2000 Jahre zurückverfolgen. Und überall in China scheint man die Uiguren für diese Kunst zu bewundern. Spektakulär war 1998 die Überquerung des Drei-Schluchten-Stausee durch Adil Hoshur, in einer Höhe von 400 Metern. Zwei Jahre später balancierte er in der Provinz Hunan über ein 1399 Meter langes Seil von einem Berggipfel zu einem anderen, durch eine Wolkendecke hindurch, so dass die Fernsehzuschauer ihn für einige Augenblicke nicht sehen konnten.

Nicht gar so abenteuerlich, aber auch gekonnt und waghalsig treten Seiltänzer hier in Xinjiang häufig an Basartagen, bei Dorffesten oder anderen Veranstaltungen auf und vollführen auf dem dünnen Seil ihre erstaunlichen Kunststücke. Immer ohne Schutzvorrichtung.

Nanshan

Unser letzter Tag ist ein Sonntag und wir machen einen Familienausflug in die Berge. Das Nanshan-Gebiet im Südwesten von Urumchi mit Wiesen, Wäldern, Bergen und Bächen ist ein beliebtes Ausflugsziel für Einheimische und Touristen. Jetzt, fast Ende September, ist nicht mehr viel Betrieb. Die Sonne scheint zwar, aber richtig warm wird es nicht. Wir sind ja jetzt nicht mehr in der Wüste, sondern in einer Region, in der das Klima eher gemäßigt ist wie bei uns in Deutschland.

Gülmiras Schwester und ihre Familie begleiten uns, so dass wir drei Ehepaare, ein Fahrer und drei Kinder sind. Wir fahren knapp zwei Stunden durch flaches Land. Wiesen, junge, neu gepflanzte Bäume, etwas Landwirtschaft, ein paar „sozialistische" Dörfer, in denen die Kasachen leben sollen, deren Land an auswärtige Investoren verkauft wurde.

Das Nanshan-Gebiet sind die Ausläufer des Tianshan-Gebirges und seit langem die Heimat von Kasachen. Einige von ihnen vermieten im Sommer gern ihre Jurte an Ausflügler wie uns. Es wird lange verhandelt und überlegt. Christiaan und ich gehen derweil spazieren und staunen über die Landschaft, die wie das Alpenvorland aussieht oder wie der Schwarzwald, wenn da nicht die Jurten und ein paar Pferde mit bunten Satteldecken wären. Als wir wieder zurückgeschlendert kommen, ist bereits alles entschieden. Der alte Kasache ist ins Dorf gefahren, um ein Lamm zu kaufen, und wir können uns die Zeit vertreiben, den Hang hochklettern, Wettlauf nach oben oder nach unten machen oder zugucken und die kleine Nigara trösten, die Angst vor Spinnen hat. Man kann auch Papierflugzeuge falten und fliegen lassen, über Steine balancieren und über Bäche springen oder einfach warten und sich fragen, was als Nächstes geschieht. Der alte Kasache kommt. Und zwar mit Motorrad, seinem Sohn, Zutaten für Nudelteig und einem geschlachteten Lamm. Der jüngere Kasache knetet den Teig, der ältere rumort im Schuppen, die erwachsenen Uiguren zerschneiden das Fleisch, die Uigurinnen plaudern und die Kinder flitzen draußen herum. Ich darf ein bisschen helfen, Fleisch und Fettstücke auf Kebab-Spieße zu spießen. Der Haufen mit weißen Fettstückchen ist beinahe noch größer als der Fleischhaufen. Dieses Lamm muss ein besonders stattliches Hinterteil gehabt haben! Für Christiaan und mich ist das viele Fett ziemlich befremdlich, aber Uiguren lieben Lammfett und es soll ja sehr gut für die Gesundheit sein. Die traditionelle uigurische Medizin kennt ebenso wie die chinesische die Begriffe warm und kalt. Es gibt warme und kalte Krankheiten, die man mit kalter oder warmer Medizin behandelt. Auch Lebensmittel werden als warm oder kalt kategorisiert, wobei Lammfett zu den ganz besonders warmen gehört. Sogar zum Einreiben kann man es bei manchen Hautproblemen verwenden, erklärt uns Nuri. Aber vor allem ist es köstlich (sagt er). „Ohne Fett würde Kebab überhaupt nicht schmecken", findet er.

Als dann die Glut im Kohlebecken so ist, wie sie sein soll, werden unsere Spieße gegrillt. Es qualmt und duftet. Gülmiras Schwager verschwindet in einer gewaltigen Rauchwolke, aber er scheint ein erfahrener Kebab-Griller zu sein und die beiden kleinen Mädchen helfen ihm, die Rauchwolken fortzuwedeln. Als die erste Lage endlich fertig ist, warten wir alle schon mit einem Bärenhunger. Zusammen mit frischem Nan-Brot schmeckt es wunderbar. Später, als alle Kebabs aufgegessen sind, werden die übrig gebliebenen Knochenstücke gekocht. Der junge Kasache formt aus seinem Nudelteig breite Streifen, Gülmira schwenkt sie zu langen Schlangen und wirft sie in den großen Wassertopf, in dem Nuri sie geduldig herumrührt. Kasachische Nudeln sind breiter als uigurische Nudeln, lernen wir, aber schmecken tun sie alle gleich, soweit ich das beurteilen kann.

Showeinlage in der Kochpause: Irgendwo in der Ferne hat jemand Musik eingeschaltet. Das genügt, um unsere zwei Mädchen in Tanzlaune zu versetzen. Ein Rockkonzert, könnte man denken, mitten in den kasachischen Bergen. Das eine der Mädchen bewegt sich in hinreißend graziösen Tanzbewegungen, als wäre es schon als Tänzerin geboren worden, während das andere ungestüme Akrobatik und Bauchtanz bevorzugt oder auf einem Stock E-Gitarre spielt. Auch der halbwüchsige Bruder spielt begeistert mit in der imaginären Band, während die Väter als Tänzer auftreten und die Mütter als applaudierende Fans.

Da es inzwischen empfindlich kühl geworden ist und die Sonne nicht mehr scheinen will, ziehen wir uns zum zweiten Gang in die Jurte zurück. Diese Jurte ist nicht undicht wie die im Oytagh-Tal, sondern gemütlich mit Teppichen ausgelegt. Eine Sitzmöglichkeit aus Holz mit vielen bunten Decken und Kissen schützt gegen Kälte von unten. Hier machen wir es uns alle um einen niedrigen Tisch herum bequem und pulen mit Stäbchen Fleischreste von den Knochen. Dies ist für mich noch schwieriger, als die langen Nudeln über den halben Tisch hinweg aus dem Topf zu angeln und bis in den Mund zu jonglieren. Aber was soll's. Irgendwie schafft man alles, wenn man beharrlich genug ist, und Kleckern darf man ja schließlich auch mal. Die roten und zuckersüßen Melonenscheiben, die es zum Nachtisch gibt, verlangen zum Glück weniger Geschicklichkeit.

Das war ein schöner Tag. Wir sind sehr dankbar, dass wir so selbstverständlich und herzlich in eine uigurische Familie aufgenommen wurden. Zwar konnten wir kaum ein Wort miteinander sprechen, aber das war auch gar nicht wichtig. Wir gehörten einfach dazu.

Der letzte Tag

Und wo bleiben die schönen Seidenschals, die ich kaufen wollte, wo wir doch drei Wochen lang auf der Seidenstraße unterwegs waren? Nur in der Seidenweberei von Hotan hatte ich einmal Gelegenheit gehabt, welche zu sehen, aber das uigurische Atlas-Muster ist doch sehr speziell und passt nicht jederzeit in einen Berliner Alltag. „Dann wir gehen eben in Urumchi einkaufen", hatte Nuri mir versprochen. „Da gibt es alles."

Was es in den Kaufhäusern an der großen Einkaufsstraße von Urumchi gab, unterschied sich allerdings nicht sehr von dem, was es in deutschen Kaufhäusern gibt. Wir wanderten durch viele Stockwerke, rauf und runter und unter die Erde. Wir fuhren in das uigurische Viertel und schlenderten durch enge Straßen mit kleinen Läden und unzähligen Restaurants und Garküchen. Es duftet, es klingt, es lebt. Unsere Tochter hatte sich Trockenobst fürs Müsli gewünscht, denn in Xinjiang liebt man Trockenobst jeder Art. All die vielen Früchte der Oasen werden zum großen Teil getrocknet und für den Winter aufbewahrt, zum Kochen verwendet, Gästen zum Empfang angeboten, wie wir es so oft erlebt haben, oder nach Zentralchina und ins Ausland exportiert. Wir fanden in einem Laden eine riesige Theke mit unglaublich vielen verschiedenen Rosinensorten, kleinen, großen und sehr großen, hellen, dunklen und schwarzen, mit allen möglichen saftigweichen Früchten, Nüssen und seltsamen anderen Dingen, deren Namen niemand kannte. Das war der Volltreffer! Allein das Rosinenangebot war einfach überwältigend. Obwohl wir schon mehrere Kilo von Abdurahman bekommen hatten, konnten wir nicht widerstehen, auch noch ein Tütchen von den allergrößten zu kaufen. Und von den kleinen schwarzen, und von denen da …

Zu allerletzt trafen wir noch einmal Ramila, die sich von der Arbeit ein paar Stunden frei genommen hatte, um mit uns zu Mittag zu essen, Geschenke zu bringen und sich von uns zu verabschieden. Sie lächelt ihr sanftes, liebes Lächeln und sucht noch einmal ihre letzten Deutschkenntnisse zusammen. Ob wir uns wohl einmal wieder sehen werden? Manchmal ist die Welt so klein und manchmal furchtbar groß.

***

Zum Abschluss folgt nun noch ein Kapitel, auf das wir gern verzichtet hätten, das aber am Ende doch zu einem interessanten Erlebnis wurde.

Wir waren schon frühzeitig am Flughafen, weil wir unseren Spaziergang durch das uigurische Viertel von Urumchi beendet hatten und Ramila wieder zur Arbeit musste. Das war mir nur recht, denn ich freute mich darauf, noch ein letztes Mal Geschäfte zu durchstöbern und in den Flughafenläden vielleicht am Ende doch noch einen hübschen Seidenschal zu finden. Außerdem könnten dann Nuri und Ahmedjan endlich wieder ihrer eigenen Wege gehen. Doch die Check-in-Schalter waren noch nicht geöffnet und Nuri wollte uns nicht allein lassen, ehe beide Koffer sicher auf den Weg gebracht waren. Es dauerte lange, sehr lange. Eigentlich drängte die Zeit schon, fanden wir, wenn so viele Leute bis 20 Uhr einchecken sollten (wir hatten unsere Uhren jetzt auf Peking-Zeit umgestellt). Doch nichts tat sich. Niemand war zu sehen, den man hätte fragen können.

Nach beinahe zwei Stunden tauchte plötzlich jemand auf und begann, für Ordnung zu sorgen: Alle in eine Schlange einreihen! Keine Trennbänder eigenmächtig öffnen! Alle Gepäckkarren aus Schalternähe entfernen! Ein paar lautstarke Proteste, wütende Debatten. Aber Ordnung muss sein!

Als die Schalter dann endlich ihre Arbeit aufnahmen, war es mit der Ordnung sofort wieder vorbei. Da konnten auch die

Aufpasserinnen nichts mehr ausrichten, denn von außen drängelte es mit Macht in die ordentliche Schlange hinein. Wenn wir nicht hoffnungslos zurückbleiben wollten, dann mussten auch wir drängeln und eigenmächtig Trennbänder öffnen. Anders ging es gar nicht. Außerdem hatten wir es jetzt wirklich eilig, denn die Anzeige lautete auf einmal: „SZ 6001 Moscow delayed". Neue Abflugzeit: 21:50. Das bedeutete, dass wir in Moskau unseren Flug nach Berlin verpassen würden, und deshalb hätten wir gern gewusst, wie es weitergehen sollte. Zum Glück waren Nuri und Ahmedjan noch bei uns, so dass es wenigstens nicht auch noch Sprachprobleme gab und immer jemand auf die Koffer aufpassen konnte.

Aber was sollten wir tun? Die Frau am Schalter hatte keine Ahnung. Nach einer Weile fand sich eine andere, etwas kompetentere Dame, die vorschlug, den Anschlussflug jetzt sofort umzubuchen. Dort hinten am Schalter von China Southern könne man das tun. Dort hinten konnte man es leider nicht tun. Einen Flug umbuchen, nein, da könne man nicht weiterhelfen. Also wieder zurück. Die kompetente Dame war verschwunden. Dann fliegen wir eben doch erstmal nach Moskau und sehen später weiter. Dann haben wir wenigstens schon einmal zwei Drittel des Weges hinter uns gebracht. Wieder warten.

Die kompetente Dame kommt zurück und teilt uns mit: „Das geht so nicht. Wir müssen zuerst in Deutschland anrufen." Auf unserem Ticket steht eine Notfallnummer, da könnte sie es versuchen. Eine Weile später heißt es jedoch: „Sie müssen selbst anrufen." Dann heißt es: „Nein, Sie müssen zu Terminal D gehen und bei der Polizei nachfragen." Wir laufen zu Terminal D, wissen allerdings nicht genau, was wir fragen sollen, aber vielleicht weiß es ja dort jemand. Leider nicht. Niemand fühlt sich zuständig und niemand versteht uns, denn Nuri hatte nicht die Erlaubnis erhalten, mit uns in diesen Sicherheitsbereich zu kommen. Er musste draußen warten. Wir werden von einem Nicht-Englisch-Sprechenden zum nächsten geschickt und wieder zurück, bis ganz plötzlich ein Polizist erscheint, der uns blendend versteht und sogar die ganze Problematik zu durchschauen scheint: Das Problem ist nämlich, dass wir nicht länger als 24 Stunden in Moskau bleiben dürfen. „Brauchen Sie ein Visum für Russland?" – „Ja, vermutlich. Das wissen wir nicht genau." – „Das ist also eine Frage?" – „Ja, das ist eine Frage." Pause. – „Nun, verstehen Sie bitte, Sie dürfen ohne Visum nicht in Moskau bleiben. Brauchen Sie ein Visum? Ja? Für den Fall, dass Sie innerhalb von 24 Stunden keinen Weiterflug nach Berlin bekommen, wird man Sie zurückschicken, sofern sie ein Visum brauchen, aber kein Visum haben. Und da Ihr Visum für China nur für eine Einreise gültig ist, wird China Sie nicht wieder hereinlassen. Sie können dann in alle Länder der Welt fliegen, aber nicht wieder nach China. Verstehen Sie? Deshalb wissen wir nicht, ob wir Sie überhaupt ausreisen lassen dürfen." Aha.

„Wir wollen gar nicht zurück nach China, wir wollen nach Berlin." – „Ich muss es Ihnen aber trotzdem sagen: Wenn Sie jetzt ausreisen, können Sie nicht wieder zurück nach China kommen. Es tut mir leid. So ist es aber." – „Das macht nichts. Wir wollen ja nach Deutschland, nicht wieder nach China." – „Sehen Sie hier: Hier steht eine 1, das bedeutet, dass Sie nur einmal nach China einreisen dürfen." – „Das wissen wir. Wir wollen auch gar nicht zurückkommen. Wir wollen jetzt nach Moskau und dann nach Berlin." – „Aber denken Sie bitte daran: Wenn Sie nach Moskau fliegen, können Sie nicht zurückkommen." Ich will ihm unsere Pässe aus der Hand nehmen und das Gespräch beenden. „Nein! Ich muss erst einmal our authorities fragen." Und weg ist er.

Es dauert wieder. In der Ferne kann ich Nuri stehen sehen. Ach, der Arme! Nun wartet er hier, um uns zu helfen, kann aber gar nicht helfen, weil er nicht durch die Sperre darf. Sicher hätte er hundert sinnvollere Dinge zu tun, als hier herumzustehen und unsere Verzweiflung von weitem zu beobachten!

Schließlich kommt der fürsorgliche Polizist zurück. Er reicht uns unsere Pässe und verkündet mit gewichtiger Meine: „Sie dürfen ausreisen!" Danke schön.

Am Schalter muss man sich noch einmal erkundigen, ob es tatsächlich wahr ist, dass wir ausreisen dürfen: „Hat die Polizei das wirklich gesagt?" Und dann endlich bekommen wir unsere Bordkarten und die Koffer gehen ohne Beanstandung auf ihre Reise, allerdings nur bis Moskau. Dort müssen wir sie abholen und selbst sehen, wie sie weiterkommen. Wir verabschieden uns von unseren beiden treuen uigurischen Begleitern, die so geduldig so viele Stunden mit uns ausgeharrt haben.

Bei der Passkontrolle taucht auf einmal wieder unser besorgter Herr Polizist auf: „Are you sure you want to go?" Das klingt ja beinahe beunruhigend. Was ist, wenn wir nicht innerhalb von 24 Stunden einen Weiterflug bekommen, wenn man uns zurückschickt und China uns nicht mehr aufnimmt? Fliegen wir dann immer hin und her oder landen wir irgendwann in russischer Abschiebehaft oder so etwas? Nur Mut. Es wird doch sicher morgen im Laufe des Tages zwei freie Plätze in einem Flugzeug nach Berlin geben. Oder?

Nun bleibt uns wegen des verspäteten Abflugs noch reichlich Zeit, um in Ruhe zum Flughafen-Shopping zu gehen und etwas Gutes zu essen. Von wegen! Es gibt nur drei oder vier Geschäfte und die haben nichts Schönes. Zum Essen gibt es auch nichts außer einer Plastikdose mit Nudelsuppe. Also, üben wir uns in Geduld und warten weiter.

Mitten in der Nacht erreichen wir schließlich Moskau. „Transit to Berlin? This way, please. My colleague is already waiting for you." Mit einem Mal sind alle Sorgen verflogen! Wir werden erwartet! Tatsächlich ist man hier bestens informiert über den Fall Widiarto und hat alles sorgfältig vorbereitet. Wir bekommen ein provisorisches Visum für einen Tag, einen Flug gleich für den nächsten Morgen, neue Bordkarten, die Koffer werden nach Berlin weitergeleitet und ein Bus bringt uns in ein nahegelegenes Hotel. Mit Bodyguard. Wir werden auf Schritt und Tritt begleitet. Das ist aber nicht etwa Höflichkeit, wie ich zuerst dachte, sondern Überwachung. Ein Fahrstuhl hinter verschlossener Tür wird für uns aufgeschlossen und oben wartet ein anderer Sicherheitsbeamter und zeigt uns unser Zimmer.

Die Nacht ist kurz. Wegen der vielen Formalitäten und Kontrollen bleiben uns kaum vier Stunden, aber das Bett ist weich und gemütlich, was mir sehr guttut nach drei Wochen auf harten chinesischen Matratzen. Und es ist tausend Mal besser, als sich auf unbequemen Wartehallenstühlen die Zeit um die Ohren schlagen zu müssen. Sogar Frühstück gibt es aufs Zimmer, mit Kaffee, Marmelade und Kuchen.

Als wir wie angewiesen um 6 Uhr reisefertig sind, wollen wir schon nach unten in die Lobby gehen, um sicher zu sein, dass wir unseren Bus nicht verpassen. Doch so einfach geht das nicht. Eigenmächtigkeit ist nicht gestattet. Zurück ins Zimmer! Der Wachmann sitzt noch immer im Flur vor dem Fahrstuhl und wir haben wir ihn aufgeweckt. „Telephone 71", ist das Einzige, was wir verstehen. Unter Telefonnummer 71 werden wir streng angewiesen, im Zimmer zu bleiben, bis man uns abholt. Also probieren wir ein bisschen russisches Fernsehen aus. Es gibt allerlei Werbung für westliche Luxusgüter und einige französische Filme. Ob es jetzt vielleicht in Russland wieder chic ist, wie zur Zarenzeit Französisch zu sprechen? Übrigens bemerken wir erst jetzt, dass in unserem Zimmer eine Kamera installiert ist, und vorhin hatten wir in einem der Nebenzimmer, wo die Tür offenstand, eine ganze Reihe von Computern und Bildschirmen gesehen. Da sie alle abgeschaltet waren, dürfen wir aber wohl davon ausgehen, dass man uns doch nicht für allzu gefährliche Spione hält und aufs Filmen verzichtet hat.

Nach einer Weile läutet das Telefon: Jetzt dürfen wir oder vielmehr jetzt sollen wir das Zimmer verlassen. Der Wachmann schließt den verborgenen Fahrstuhl auf und unten werden wir gleich von einem anderen erwartet. Dieser übergibt uns der Frau von gestern Nacht und sie begleitet uns im Bus zum Flughafengelände. Es ist doppelt abgesperrt mit Gitter und Schlagbaum, und dann geht's durch eine spezielle Tür hinauf zur Passkontrolle. Eigentlich ist hier noch alles geschlossen, aber speziell für uns kommt eine verschlafene junge Dame herauf, scannt zum x-ten Mal auf dieser Reise unsere Pässe und schickt uns dann weiter zur Sicherheitskontrolle. Dann endlich, endlich dürfen wir in den normalen Transitbereich und sind wieder ganz normale Fluggäste. Endlich können wir in aller Ruhe und mit der Aussicht, schon bald wohlbehalten nach Hause zu kommen und nicht nach China zurückgeschickt zu werden, die ersten Duty-free-Läden durchstöbern, die schon so früh geöffnet haben. Zur Erinnerung an unser Moskau-Abenteuer kaufen wir eine Matrjoschka-Puppe für unsere Enkelin und eine andere, ganz besonders kunstvoll bemalte für mich. Und eine Flasche Wodka für stille, weniger aufregende Abende zu Hause.

Nach ein paar Stunden landen wir auf dem Flughafen Schönefeld. Allerdings ohne Koffer, denn die sind wohl doch in Moskau geblieben. Aber, keine Sorge, sie werden uns bestimmt bald nachgeschickt werden, und schließlich haben wir auf dieser Reise ja das Warten gelernt.

١٣٩٣٫٧٫

Ein Wort zum Abschluss

Diese Reise war keine gewöhnliche Ferienreise, keine Erholungs- oder Sightseeing- und auch keine Studienreise, sondern etwas ganz Besonderes. So wie ich es mir gewünscht hatte, sind wir mit Uiguren in das Leben der Uiguren eingetaucht, zumindest soweit das in drei Wochen möglich ist. Nuri hat uns seine Welt gezeigt. Jetzt war er nicht Student oder Lehrer, sondern ein Uigure in seiner Heimat. Durch ihn oder Freunde von ihm wurden wir in viele Familien eingeladen und bekamen Gelegenheit zu sehen, wie die Menschen leben, sowohl die reichen als auch die nicht reichen, in der Stadt und auf dem Lande. Immer wurden wir herzlich empfangen, weil wir dazu gehörten, und manchmal wurden Festessen sogar extra unseretwegen arrangiert. So viel Gastfreundschaft und Willkommen-Sein hat uns tief berührt.

Wir haben auch vieles gelernt. Über die Geschichte, die einzelnen Orte und Besonderheiten des Landes hatte ich schon vorher allerlei gelesen, aber es in Wirklichkeit zu erleben und bestätigt zu sehen, ist doch etwas anderes. Außerdem kann man über viele Dinge, wie zum Beispiel gesellschaftliche Probleme, kleine und große Sorgen um Zukunft oder Natur ja gar nichts lesen. Das können nur diejenigen erzählen, die sie hautnah erleben.

Wir haben erstaunliche Landschaften gesehen: hohe, schroffe Felsenberge, schattige Pappelalleen, fruchtbare Oasen, öde Steppen und traumhaft schöne Wüstenformationen.

Ich habe unzählige Fotos machen können, manchmal viel zu viele, aber die Motive waren einfach zu schön, um aufzuhören. Es waren Fotos nicht nur von Landschaften, malerischen Dorf- oder Basarszenen, sondern ganz besonders von den Menschen, denn ich finde, dass sie die eigentliche Schönheit dieses Landes sind. Sie geben ihm ein Gesicht, ein ursprüngliches, unverfälschtes Gesicht, ehrlich und liebenswert. So mancher bärtige alte Mann mit tiefen Falten im Gesicht und einer Doppa auf dem Kopf scheint das Wesen des ganzen Landes in sich zu tragen. So manches Mal glaubte ich, eine ganze Welt zu sehen, wenn dort am Boden ein Bauer hockte und uns verwundert, ernst oder neugierig ansah und ein Funke Freundlichkeit aufleuchtete, wenn Nuri oder ich ein Foto von ihm machten. Wie sind diese alten Männer als Kind gewesen? So strahlend und fröhlich wie die Kinder heute? Was haben sie erlebt, bis sie so viele Falten und einen so langen Bart bekommen haben? Ich spürte in ihnen eine fremde Welt und ein Leben, wie es hier wahrscheinlich seit Urzeiten gewesen ist: ein Leben voll Mühsal und Entbehrungen, aber im Einklang mit Natur und Traditionen, geborgen in der Gemeinschaft, geduldig, freundlich und zufrieden. Wie gern hätte ich mit einem dieser Männer über die Vergangenheit gesprochen, mit einer Baumwollpflückerin über ihre Sorgen und Freuden, mit Kindern über ihre Schule und Lehrer und über ihre Vorstellung von der Zukunft. Doch dafür hätten wir länger an einem Ort bleiben müssen, abwarten und langsam Zugang finden. Jetzt habe ich zwar die Menschen und das Dorfleben beobachten können, aber doch immer nur aus einer gewissen Distanz.

Trotzdem ist mir klar geworden, dass die Kultur der Uiguren bedroht ist, weil mehr und mehr Han-Chinesen nach Xinjiang kommen und weil sie es sind, die Politik, Wirtschaft und Erziehungswesen unter ihrer Kontrolle haben. Mit der Zeit wird die einheimische Bevölkerung immer mehr an den Rand gedrängt, die Jugend kann nicht mehr ohne chinesischen Einfluss aufwachsen und irgendwann, wer weiß, werden sie vielleicht ihre Wurzeln vergessen haben. Vielleicht werden dann keine bärtigen alten Männer mehr auf dem Basar sitzen und still zufrieden das Treiben der Jüngeren beobachten. Vielleicht werden dann die Männer, die dort sitzen, keine Doppa und keinen Bart mehr haben. Vielleicht werden sie die alten Geschichten und

Traditionen nicht mehr kennen. Doch vielleicht haben sie ja auch die Kraft und das Glück, ihre Identität zu bewahren. Auf jeden Fall werden sie immer noch wie Uiguren aussehen und nicht wie Chinesen, denn keine Politik und kein wirtschaftlicher Fortschritt der Welt vermögen daran etwas zu ändern. Wir haben Xinjiang als das Land der Uiguren gesehen und so manchen Uiguren persönlich kennengelernt. Sie alle waren freundlich, aufgeschlossen und geduldig, sehr gesellig und tolerant. Aber man kann natürlich nicht einfach verallgemeinernd sagen: „Die ... sind ...“ Ein Volk besteht aus vielen einzelnen Menschen, so wie Sand aus vielen einzelnen Körnchen besteht. Jeder Mensch und jedes Sandkorn sind einzigartig. Ich habe Bilder von Sandkörnern unter dem Stereo- oder Rasterelektronenmikroskop[18] gesehen: Sie unterscheiden sich ebenso sehr voneinander wie die einzelnen Mitglieder eines Volkes sich voneinander unterscheiden. Und doch haben sie in ihrem Wesen und Aussehen etwas gemeinsam und bilden zusammen ein Volk, so wie die nichtexistierende Haut des Sandes die Sandkörner zusammenhält und Dünen formt. Für mich ist beides einfach wundervoll und irgendwie ... Plups: das Volk der Uiguren und die Sanddünen der Taklamakan.

Fotos zum Land der Uiguren finden sich unter:

www.uigurkultur.com/volk-und-land/das-land-der-uiguren/ das-land-im-bild/

---

18   http://de.wikipedia.org/wiki/Sand

1995. 8.

Ingrid Widiarto

Ingrid Widiarto wurde 1947 in Schleswig geboren. Sie wuchs in Kiel auf, machte in Germersheim ihren Abschluss als Diplom-Übersetzerin für romanische Sprachen und arbeitete als Übersetzerin und Sekretärin, zuletzt viele Jahre an der Freien Universität Berlin. Durch Familie und Reisen lernte sie unterschiedliche Länder und Kulturen kennen, aber erst die Uiguren berührten sie so sehr, dass sie es sich zur Aufgabe machte, durch Bücher und Geschichten auf die prekäre Lebenssituation dieses Volkes in China aufmerksam zu machen.

https://www.uigurkultur.com/

Uigurische Geschichten - Ingrid Widiarto

Angesichts der expansiven Wirtschaftspolitik Chinas und der immer wichtiger werdenden globalen Handelsbeziehungen bleibt die Frage der Menschenrechte oft weit zurück. Besonders die Uiguren, die im Nordwesten Chinas zu Hause sind, leiden schon seit vielen Jahren unter Diskriminierung und Unterdrückung und bangen um ihre Kultur und ethnische Identität. Die chinesische Regierung, die ihre repressive Politik stets mit dem Schutz der staatlichen Sicherheit begründete, hat in den vergangenen Jahren Druck und Überwachung noch drastisch verschärft und Hunderttausende von Uiguren und Angehörige anderer muslimischer Minderheiten in sog. Umerziehungslager gesperrt. Aber auch davor, als die Welt das Schicksal der Uiguren noch kaum zur Kenntnis nahm, kam es laufend zu erschreckenden Ungerechtigkeiten.

Die Geschichten in diesem Buch werfen einen Blick hinter die Kulissen. Sie begleiten einige Uiguren in ihrem täglichen Leben und lassen den Leser an ihren erschütternden Erlebnissen teilhaben.

Uigurische Geschichten
Wahre Begebenheiten
ISBN-13 (Print): 978-3-98530-062-4
ISBN-13 (Ebook): 978-3-98530-063-1

VERLAG
AKADEMIE DER ABENTEUER

neugierig • grenzenlos • unterhaltsam

Unser Verlagsname basiert auf den gleichnamigen Büchern des Autors Boris Pfeiffer. In dessen zeit- und welterforschender Reihe „Akademie der Abenteuer" sind es Reisen der Protagonisten in die Vergangenheit, die für viele LeserInnen ein Erlebnis geworden sind, Kinder und Erwachsene gleichermaßen.

Im *Verlag Akademie der Abenteuer* wird die Erforschung der Welt mit den Mitteln der Literatur fortgesetzt. AutorInnen und ZeichnerInnen, DichterInnen und MalerInnen arbeiten in der Akademie der Abenteuer zusammen.

Reisen in den Geist, erkenntnisreich, selbstbewusst, gut erzählt, sind der Kern des Verlagsprogramms.

Im *Verlag Akademie der Abenteuer* entstehen Bilderbücher, Kinderbücher, Kinderbuchreihen und Jugendliteratur. Wir veröffentlichen packend erzählte Gegenwartsliteratur. Weiteres Augenmerk legen wir auf Kunstbände, in denen Malerei und Dichtung neue Felder eröffnen. Zweisprachige Ausgaben und ungewöhnliche Blicke in die Welt, sowie Lehr- und Sachbücher runden unser Programm ab.

Mehr auf unserer Website:
www.verlagakademie.de

GUDRUN WIEBKE - KOMISSAR TRAUDICH

... und das Schweigen des Stoppelfelds

„Ist es nicht so, dass jedem kriminalistischen Triumph das Versagen einer ganzen Welt vorausgeht?"
In Traudichs Augen standen Zweifel.
„Einer ganzen Welt?", fragte Anton vorsichtig zurück.

Immer wenn Traudich einen Fall abgeschlossen hatte, tat sich im Kommissar von Eiderstedt dieses Loch auf, in das er abzustürzen drohte. Und wenn Anton seinen Freund dann nicht stoppte, folgte die Selbstbezichtigung, weil genau dieses Versagen der ganzen Welt seinen komfortablen Lebensstandard sicherte.

Kommissar Traudich
Kriminalerzählungen
ISBN-13 (Print): 978-3-98530-012-9
ISBN-13 (Ebook): 978-3-98530-013-6

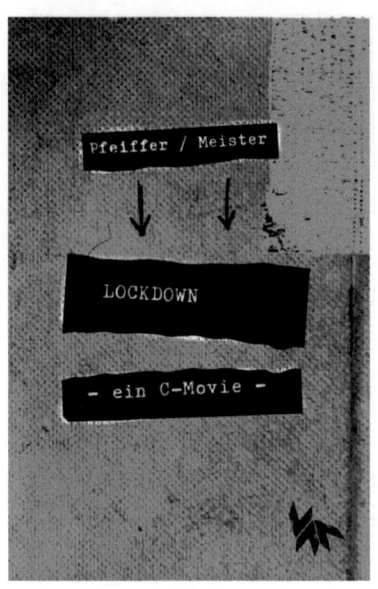

LOCKDOWN - EIN C-MOVIE

MICHÈLE MEISTER & BORIS PFEIFFER

Showdown im Lockdown. Heulen, kämpfen, hell und düster denken, auf und ab im C-Leben in C-Zeiten als C-Movie aus den Straßen Berlins und Melbournes. Was abgeht, wenn das Menschengeschlecht nicht mehr on top of the world ist, krasse Knastnummer, Krokodilstränen, freizischende Seelenrakete in den Himmel. Der erste Bild- und Gedichtband der in Australien arbeitenden und lebenden Malerin Michèle Meister und des Berliner Autors Boris Pfeiffer ist visuell und inhaltlich ein Werk von großer Kraft.

Lockdown - ein C-Movie
ISBN-13 (Print): 978-3-98530-002-0
ISBN-13 (Ebook): 978-3-98530-003-7

DIE BOOTSBAUER - FELIX HUBY

Julius Kommerell hat es geschafft. Vom mittellosen Lehrling ist er zum Leiter der Firma Steininger Bootsbau aufgestiegen und hat die Tochter Doris Steininger, einziges Kind des Firmengründers, geheiratet. Die beiden haben inzwischen zwei erwachsene Kinder. Kommerell arbeitet an einem Boot, das die Krönung seiner vielen erfolgreichen Entwicklungen werden soll. Aber da setzt ihm seine Frau, die alleinige Besitzerin des Unternehmens, plötzlich den Stuhl vor die Tür und erklärt sich zur alleinigen Chefin der Werft. Für Julius Kommerell bricht eine Welt zusammen. Er verlässt Firma und Familie, zieht in sein Bootshaus am jenseitigen Ufer des Sees und muss von dort aus hilflos zusehen, wie Doris und sein Sohn Florian *Steininger Bootsbau* in die Krise steuern. Da hat er einen Plan...

Die Bootsbauer
Ein Bodenseeroman
ISBN-13 (Print): 978-3-98530-000-6
ISBN-13 (Ebook): 978-3-98530-001-3